EL LIBRO DE LA FORTUNA

Del mismo autor

EL TAROT DE LOS BOHEMIOS

Papus

EL LIBRO DE LA FORTUNA

Horóscopo individual de la Fortuna
Los Secretos de los Talismanes
Los Secretos de la Felicidad

EDICIONES ABRAXAS

Título original:
Le Livre de la Chance

Traducción:
Miguel Giménez Saurina
Infografía:
Xurxo Campos

La presente edición es propiedad de
Ediciones Abraxas
Apdo. de Correos 24.224
08080 Barcelona, España

Impreso en España/ Printed in Spain
ISBN: 84-95536-72-2
Depósito legal: B-11.194-2002

Impreso en
Limpergraf S. A.
c./ Mogoda, 29-31
Poligon Industrial Can Salvatella
Barberà del Vallès, Barcelona

INTRODUCCIÓN

La Suerte

La primera cuestión a solucionar es la siguiente:

¿Tienes Suerte?

Si no la tienes, ¿es de veras que la tienes o es que no crees tenerla, cuando realmente sí la tienes?

Si tuya es la Suerte no hay nada más sencillo, puesto que basta solamente con conservarla. La última parte de este volumen está consagrada a la solución de esta cuestión.

Si no tienes Suerte es preciso ante todo que te preguntes por qué indicios formulas este mal diagnóstico.

En efecto, sucede muy a menudo que uno se compare con un amigo o una amiga, dotado especialmente a este respecto, y juzgue no tener Suerte porque ansía lograr un ideal imposible de alcanzar. Cuando la persona reflexiona y se compara con los que realmente sufren, se da cuenta de que en realidad goza de mucha más suerte que aquéllos.

Pero admitamos el caso real de una auténtica mala suerte. Nada se consigue ni en las empresas más simples, y no sólo falta la suerte personal sino que cuantos se acercan a tal individuo pierden momentáneamente la suya.

En tal caso es necesario emprender un estudio muy serio para descubrir las posibles causas de tanta mala pata, para usar una expresión popular.

Hay que buscar:

Las causas físicas.

Las causas astrales (débil tensión fluídica, signaturas astrales del nacimiento, signos fisionomónicos, etc.).

Las causas espirituales (costumbre de la murmuración, de la calumnia, odio o envidia, falta de caridad, etc.).

Las siguientes páginas permitirán resolver estos diferentes problemas.

¡La Suerte! Palabra mágica que pronuncian los espíritus más escépticos.

Hay personas que no creen en Dios ni en el Diablo, pero que creen firmemente en la Suerte, en la Fortuna y también en la mala sombra y la mala pata.

La Suerte existe perfectamente, incluso es posible fijarla si huye, llamarla si se aleja, y constatarla cuando se aproxima.

¿Pero de qué manera?

Esto es lo que nuestros lectores aprenderán.

En vez de ofrecerles profecías más o menos claras, informaciones más o menos vagas, le daremos informaciones prácticas y positivas.

La Voluntad humana es solamente uno de los tres factores que presiden la fijación o el regreso de la Suerte.

Si la Voluntad humana permite modificar la simpatía y la antipatía de los seres humanos y toma acto seguido una parte notable en la continuación de un período de Suerte de origen humano, el conocimiento de las relaciones secretas, de las piedras preciosas, de los vegetales y de las fuerzas de la Naturaleza permite dirigir y prevenir el aumento de la Suerte normal de cualquier individuo.

Finalmente, el conocimiento de la realidad y de la extensión de los actos morales y de la llamada al plan divino mediante ciertas plegarias, permite reconstituir la Suerte, descubriendo las causas de su ausencia para un hombre o para una familia y, también a veces, para todo un pueblo.

Por consiguiente, la Suerte es un verdadero problema, capaz de interesar a todo espíritu ávido de las cosas misteriosas en su condición de espíritu positivo, deseoso de comprender el origen de las fuerzas terrestres. Es éste, pues, el problema, del cual vamos a investigar, en este opúsculo, los elementos constitutivos.

PRIMERA PARTE

CÓMO DETERMINAR LA SUERTE DE CADA PERSONA

La Naturaleza ha colocado a nuestro alrededor unos signos múltiples que indican nuestro lugar en la jerarquía de los seres humanos.

Pero, así como han sido necesarios largos años de trabajo para establecer una clasificación clara de los signos que permiten determinar el sitio exacto de cada vegetal y de cada animal, así hará falta mucho tiempo para establecer un trabajo semejante con relación al hombre.

No obstante, nuestros menores gestos, nuestra escritura, las líneas de nuestra mano, la fecha del nacimiento, las figuras misteriosas del Tarot, permiten determinar las influencias a las que estamos sometidos y, en consecuencia, nuestra mejor o peor Suerte.

Tales son los elementos que constituirán este primer capítulo.

DETERMINACIÓN DEL HORÓSCOPO DE LA FORTUNA

El hombre moderno, en general, se considera independiente del resto de la Naturaleza o, más bien, es tan grande su ignorancia de las leyes astronómicas que no se interesa por el mundo exterior.

Si acaso, una perturbación terrestre, una erupción volcánica o un temblor de tierra incita a ciertos hombres a reflexionar un poco sobre las fuerzas cósmicas.

Los antiguos, por el contrario, concedían una gran importancia a los fenómenos celestes y la ciencia del Mundo Astral o Astrología se estudiaba en todos los grados de la enseñanza, desde las escuelas elementales de una región hasta las facultades de Egipto tan celosas de su iniciación.

Hoy día, aún puede considerarse a la Astrología como la fisiología de los Astros, mientras que la Astronomía es su anatomía.

Es imposible comprender las enseñanzas de las antiguas ciencias ocultas sobre la Suerte si no se poseen nociones, aunque sean muy débiles, de Astrología, complemento de las nociones astronómicas que cada cual debe poseer en la actualidad.

Hablemos primero de las divisiones del Tiempo.

La Tierra gira sobre sí misma cada 24 horas (en números redondos), o sea que un punto de la Tierra, por ejemplo París, se presenta sucesivamente durante esta revolución terrestre a una serie de puntos del cielo. Para el astrólogo, cada uno de estos encuentros de un punto terrestre y un punto celeste forma una corriente, no eléctrica, sino astral, y tiene un significado especial.

Se han hecho 24 divisiones del tiempo que la Tierra tarda en dar una vuelta sobre sí misma, divisiones que constituyen las horas.

Como la Tierra pasa de la luz del Sol al cono de la sombra, durante este tiempo hay horas de día y horas de sombra o noche, variables según la situación de los diversos países.

Resumiendo: el movimiento de la Tierra sobre sí misma determina las horas.

En torno a la Tierra se mueve un satélite: la Luna.

La Luna tarda 28 días (seguimos sin tener en cuenta las fracciones) en ejecutar una revolución completa. Partiendo de la Luna nueva, para volver a la Luna nueva, han transcurrido 28 días. Es este el mes lunar que muchos pueblos orientales adoptaron como división del Tiempo.

Pero durante esos 28 días la Luna cambia cuatro veces de aspecto.

Hay, en efecto, la Luna nueva, luego la Luna creciente, después la Luna llena y por fin la Luna menguante.

Cada uno de estos aspectos dura 7 días y constituye una semana.

A cada uno de los días de la semana se le dio un nombre sacado de los siete planetas estudiados por la antigua Astrología.

Así, el Lunes es el día de la Luna;
el Martes el día de Marte;
el Miércoles el día de Mercurio;
el Jueves el día de Júpiter;
el Viernes el día de Venus;
el Sábado el día de Saturno;
el Domingo el día del Sol o del Señor.

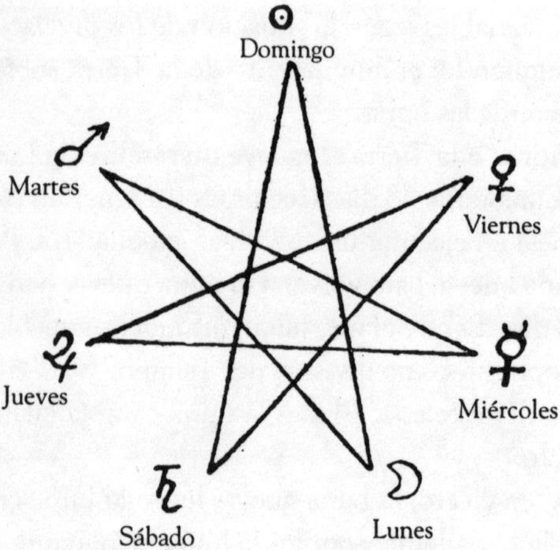

Tomando al Sol como centro de nuestro sistema, el orden de los planetas es el siguiente, empezando por el más alejado del Sol: Saturno, Júpiter, Marte, la Tierra, Venus, Mercurio y el Sol.

Pero considerando el tema bajo su aspecto puramente externo, como si la Tierra fuese el centro del Mundo, el orden de los planetas es como sigue:

Saturno, Júpiter, Marte, el Sol, Venus, Mercurio, la Luna, que es el orden que se sigue en todas las obras de Astrología.

La anterior figura indica ante todo los planetas en su orden astrológico.

Las líneas trazadas entre cada planeta indican la sucesión de los días de la semana.

Si la Luna tarda 28 días en completar su recorrido en torno a la Tierra, el Sol tarda 365 días para completar su propio recorrido.

Durante estos 365 días, el Sol recorre en el cielo un círculo que se divide en 12 sectores, cada uno de los cuales posee un nombre especial. Se trata de los 12 signos del Zodíaco.

En nuestro actual calendario, los meses lunares sólo se indican por los aspectos de la Luna (N., C., L., M.).

Los meses elegidos son los meses solares constituidos dividiendo los 365 días en períodos de 30 y 31 días con el mes de febrero que tiene sólo 28 normalmente o 29 cada cuatro años, para emplear las fracciones de tiempo que caracterizan exactamente la marcha del Sol.

EL DÍA DEL NACIMIENTO Y LA SUERTE

Saber el día de la semana que presidió el nacimiento de una persona es una de las nociones más importantes para determinar la suerte del individuo.

El primer punto a aclarar para determinar la suerte personal es saber qué día tuvo lugar el nacimiento. El siguiente calendario permite efectuar la debida operación.

CALENDARIO PERPETUO
(C. Bussy)

Existen varios métodos para buscar a qué día de la semana corresponde tal o cual fecha. En general, estos métodos presentan alguna complicación. En cambio, nos complace poder ofrecer a nuestros lectores un procedimiento relativamente mucho más sencillo que nos envía C. Bussy.

Se trata de una práctica simple por demás. Aquí tenemos cuatro tablas que contienen el siglo, el año del siglo, el mes y la fecha del mes. Enfrente de cada siglo, de cada año, de cada mes y de cada fecha del mes hay un número. Para obtener el día de la semana correspondiente a una fecha dada, basta con sumar las cuatro cifras situadas frente al siglo al que pertenece dicha fecha, del año ocupado por esa fecha en el siglo, del mes y finalmente, del día del mes. Si se busca, por ejemplo, qué día era el 14 de julio de 1789, se ve, frente al día 14, el número 3; frente a julio, el número 6; frente al año 89, el número 5; frente al siglo 18, el número 5. El total de estos cuatro números da 19.

En la última tabla vemos, enfrente de cada día de la semana, cierto número de cifras. La cifra 19, ya hallada, está colocada enfrente del martes. Por consiguiente, el 14 de julio de 1789 cayó en martes.

Por lo tanto, para un caso cualquiera, basta con efectuar una breve suma de los cuatro números a encontrar.

Siglos	
1º	5
2º	6
3º	0
4º	1
5º	2
6º	3
7º	4
8º	5
9º	6
10º	0
11º	1
12º	2
13º	3
14º	4
16º hasta el 4 oct. 1582	5
después del 15 oct. 1582	2
17º	3
18º	5
19º	0
20º	2

Años				
01	29	57	85	3
02	30	58	86	2
03	31	59	87	1
04	32	60	88	6
05	33	61	89	5
06	34	62	90	4
07	35	63	91	3
08	36	64	92	1
09	37	65	93	0
10	38	66	94	6
11	39	67	95	5
12	40	68	96	3
13	41	69	97	2
14	42	70	98	1
15	43	71	99	0
16	44	72	100	5
17	45	73		4
18	46	74		3
19	47	75		2
20	48	76		0
21	49	77		6
22	50	78		5
23	51	79		4
24	52	80		2
25	53	81		1
26	54	82		0
27	55	83		6
28	56	84		4
Excepción: 1700, 1800, 1900 en vez de 5				6

Meses	
Enero	5
Años subrayados	6
Febrero	2
Años subrayados	3
Marzo	2
Abril	6
Mayo	4
Junio	1
Julio	6
Agosto	1
Setiembre	0
Octubre	5
Noviembre	2
Diciembre	0

Días			
1	2	17	0
2	1	18	6
3	0	19	5
4	6	20	4
5	5	21	3
6	4	22	2
7	3	23	1
8	2	24	0
9	1	25	6
10	0	26	5
11	6	27	4
12	5	28	3
13	4	29	2
14	3	30	1
15	2	31	0
16	1		

0	7	14	21	Domingo
1	8	15	22	Sábado
2	9	16	23	Viernes
3	10	17	24	Jueves
4	11	18		Miércoles
5	12	19		Martes
6	13	20		Lunes

EL NÚMERO DE LA FORTUNA

Todo ser humano posee un número característico que da la clave de su fórmula de Suerte o los motivos de ciertos casos de mala suerte. Así, seguramente que varios de nuestros lectores habrán observado que un cierto número ha acompañado siempre los actos más importantes de su vida, y justamente es este número el que caracteriza a tales personas. Pero hay otros lectores, enemigos por principio de toda superstición, o excesivamente ocupados por otras cosas, que no han observado nada semejante.

En tal caso ¿cómo hallar su número característico?

Esto es lo que intentaremos determinar.

Ante todo, es preciso observar cuidadosamente la fecha de nacimiento, sobre todo la fecha del mes. De este modo, en muchos casos, una persona nacida un 13 tendrá este número como signo de Suerte en su vida.

Acto seguido, hay que observar los acontecimientos realmente importantes de la vida y comparar las fechas con la del nacimiento respecto al día del mes.

Finalmente, si estos medios no dan un resultado neto, bastará con tomar el alfabeto con sus relaciones numéricas y reemplazar cada letra del apellido y de cada nombre propio por su cifra, después efectuar la suma total y la división del total obtenido por 9.

La cifra resultante representa el número cabalístico.

Los días de la semana que presiden los nacimientos son una guía bastante útil para determinar la dominante planetaria.

Las personas nacidas en lunes están influidas por la Luna;
En martes por Marte;
En miércoles por Mercurio;
En jueves por Júpiter:
En viernes por Venus;
En sábado por Saturno;
En domingo por el Sol.

Recordando bien el día que presidió el nacimiento, se obtendrán los indicativos sumamente útiles para fijar el número de la Suerte.

INFLUENCIA PLANETARIA DE LA FECHA DE NACIMIENTO

Una vez determinado el día de la semana que presidió el nacimiento, hay que observar qué planeta domina ese día.

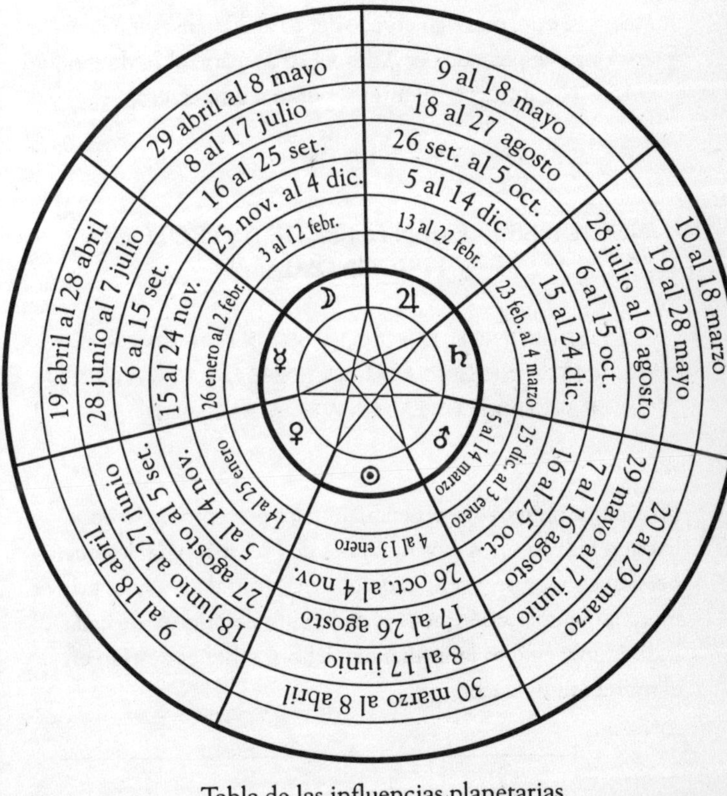

Tabla de las influencias planetarias

A continuación se busca en la Tabla adjunta el Planeta que domina la fecha mensual del nacimiento.

Así, si se nació el 10 de julio, es la Luna la que domina del 6 al 17 de julio; si se nació el 10 de octubre, Júpiter es el que domina del 6 al 25 de octubre, etcétera.

Luego se busca el signo del Zodíaco que presidió el nacimiento, recordando que los signos del Zodíaco van del 21 de un mes al 21 del mes siguiente, o del 20 al 20 para evitar complicaciones, empezando por Aries del 20 de marzo al 20 de abril.

Las "Nociones" siguientes servirán a este efecto:

NOCIONES ELEMENTALES DE ASTROLOGÍA Y FISIOGNOMÍA

CÓMO SE OBTIENE EL HORÓSCOPO SEGÚN EL NACIMIENTO O CUÁL ES LA INFLUENCIA DEL SOL SOBRE CADA INDIVIDUO DE ACUERDO CON LA ÉPOCA DE SU NACIMIENTO

Puesto que dijimos que enseñaríamos los preceptos más serios, los más vulgares, los más naturales de la Astrología, los que pueden conocerse y verificarse con más facilidad, vamos primero a exponer qué líneas presiden el nacimiento de cada individuo y cuál es la influencia del Sol sobre el destino en el momento de nacer.

El Sol tiene 3 períodos en cada mes, es decir, en cada uno de los 12 signos del Zodíaco. Y, lo mismo que los demás planetas, opera según cada una de estas divisiones o períodos, que asimismo se denominan *fases* en la ciencia astrológica.

Puesto que significan una cosa en la primera fase o período, otra en la segunda y otra más en la tercera.

Cada signo del Zodíaco está dividido en 30 grados; éstos 30 grados están a su vez divididos en 3 períodos o fases. La primera parte o fase hasta los 10 grados forma el primer período; las segunda hasta el 20; el resto consta para la tercera fase; y así para cada signo o mes.

El Sol en Aries

(Aries, 22 de marzo)

El primero de los 12 signos del Zodíaco, o de las casas del Sol, es el signo de Aries, como puede cualquiera comprobar, desde que está en el mundo, en el vulgar y el mejor de los almanaques.

Este signo se denomina Aries y empieza el 22 de marzo de cada año.

En los primeros grados o días de este signo, el Sol suele hacer que los niños sean pelirrojos, bajitos, de vientre estrecho, delgados; tienen amigos, odian el mal y siguen los senderos de la justicia y el bien; son muy buenos consejeros.

En los 10 días o grados siguientes, o sea desde el décimo al vigésimo días después del 22 de marzo, el Sol hace que los niños nazcan sombríos; pero esta melancolía no es indicativa de mal parto, sino un indicio de hermosura, de educación, de honestidad; el niño es suspicaz, colérico, astuto, rodeado de enemigos hasta la muerte.

En los 10 últimos grados, o sea del 12 al 22 de abril, el Sol hace que los niños sean pelirrojos, de tez amarillenta, y que sean amantes de la soledad y sueñen particularmente en trucos y engaños.

El Sol en Tauro

(Tauro, 22 de abril)

El niño nacido en los 10 primeros días de Tauro es diligente, vivaz, con ojos grandes y labios gruesos, amante de los placeres y los pasatiempos.

En el segundo período, nace con tendencia a los placeres desordenados, aunque menos que en el período anterior; sin embargo, es inconstante.

En el tercer período, el niño es de constitución fría por estar sometido también a Saturno, cuya conjunción es perniciosa en este sentido.

El Sol en Géminis

(Géminis, 22 de mayo)

Si alguien nace en el período de Géminis, o sea en los 10 días que siguen al 22 de mayo, será de estatura moderada, con un cuerpo bien formado; será asimismo dulce, apacible y laborioso, aunque las mujeres serán más bien desdichadas y estériles.

En el segundo período, el niño aún será más bajo, pendenciero, si bien elocuente.

A medida que mengua el período, o sea en los 10 últimos días de Géminis, el Sol hace a los niños buenos y bien proporcionados, pero charlatanes y semilleros de discordias.

El Sol en Cáncer

(Cáncer, 22 de junio)

El hombre que nazca dentro del signo de Cáncer, en su primer período, o sea del 22 de junio al 2 de julio, tiene buen cuerpo y un cabello magnífico; es de cejas estrechas, de buen ánimo, buen conocedor y tendrá numerosos amigos.

En el segundo período, el hombre es pelirrojo, de corta estatura y luce poca barba.

El Sol, en los 10 últimos días de Cáncer, hace al niño algo obeso, atontado, con cejas muy pobladas y la cara hinchada.

El Sol en Leo
(22 de julio)

El Sol en la primera fase o período de Leo, que va del 22 de julio al 2 de agosto, hace al hombre bello de figura, de color rojo mezclado con blanco, cuerpo erguido, ojos movedizos, pies delicados, famoso por sus buenas acciones, amado de los reyes y los príncipes de la Tierra.

En el segundo período el hombre tiene un estómago grande, miembros delgados, es prudente y honrado.

El hombre que nace en los diez últimos días es de corta estatura, cuerpo rosado mezclado de blanco, enfermizo, amante del bello sexo y de las casas clandestinas.

El Sol en Virgo
(Virgo, 22 de agosto)

Virgo, si está en la primera fase del Sol, hace al hombre de estatura conveniente, de hermoso rostro, ingenioso, de cabellos crespos y abundantes, voz elevada y resonante, sabio, pero no propio a engendrar.

En el segundo período posee una cara guapa, ojos pequeños, hermosa nariz; es religioso, bueno, sabio, amante de la Verdad y de la Gloria. En la tercera fase es sencillo, hermoso, fácil de enseñar, dócil, con buen criterio, prudencia y bondad.

El Sol en Libra
(22 setiembre)

El Sol en la primera parte de Libra, o sea en los 10 días desde el 22 de setiembre, hace que el niño nazca bello de formas, sencillo, laborioso, apacible, modesto y reposado. En un momento dado le herirán en la cabeza.

En el segundo período, el niño tendrá igualmente bellas formas, pero sus ojos serán legañosos y llorosos, tapando el párpado la pupila y guiñando a medias los ojos.

En los diez últimos días de este signo zodiacal, el niño es hermoso, honrado, destinado a altas dignidades con recompensas en la vejez.

El Sol en Escorpio
(Escorpio, 22 octubre)

En los diez primeros días de este signo, el Sol hace al hombre deforme, con estómago grande, alegre en sus discursos pero discreto.

En el segundo período el hombre poseerá una cabeza grande y será muy charlatán.

En la tercera fase, será más bien bajo, con ojos ladinos, buen gastrónomo y proclive a los malos ambientes.

El Sol en Sagitario

(Sagitario, 22 de noviembre)

El Sol, en el primer período de Sagitario, o sea del 22 de noviembre al 2 de diciembre, hace hermoso al hombre, de elevada estatura y estudioso de las cosas agradables.

En el segundo período, su estatura será media, con una bella mirada y cejas pobladas.

En los diez últimos días, el hombre es alto y hermoso, ancho y pródigo de estómago.

El Sol en Capricornio

(Capricornio, 22 diciembre)

El Sol, en los diez primeros grados o días de Capricornio hace al hombre tierno, de estatura conveniente, pecho ancho, delicado y malicioso.

En el segundo período, el hombre es hermoso de cuerpo, cara pálida, fácil de montar en cólera y amable con el bello sexo.

El Sol en Acuario
(Acuario, 22 de enero)

El Sol, en la primera fase de Acuario, o sea en los diez primeros días, hace al hombre hermoso de cuerpo y de rostro, suave y parco en palabras, de trato fácil.

En el segundo período, el hombre es alto, la cara rubicunda y estará sujeto a tribulaciones.

En los diez últimos días, o sea del 12 al 22 de febrero, el hombre es de corta estatura, rostro rubicundo, amante de las mujeres. Gozará de todas las ventajas corporales y espirituales.

El Sol en Piscis
(Piscis, 22 de febrero)

El Sol en Piscis hace al hombre de cuerpo blando y blanco, con gran estómago y una barba conveniente, hermosa frente, piel clara y tersa, ojos abiertos; es rollizo y honesto.

En el segundo período el hombre será de corta estatura, un poco velludo, ligero y alegre.

En el tercer período, o sea en los diez últimos días del grado, el hombre que nazca será bello en todos sus miembros, honesto, y de voz resonante.

Hay otras marcas comunes a diversos meses o casas del Sol. Así, las manchas rojas, la sordera, el tartamudeo, la calvicie y poca barba son comunes a los que nacen en los signos de Aries, Cáncer, Escorpio, Capricornio y Piscis.

Los signos que marcan la honestidad femenina, su religión, su bondad, son Tauro, Leo y Acuario.

Los signos de buen criterio y buen entendimiento, son Géminis, Virgo y Libra, la primera parte de Sagitario y todas las partes de Acuario.

Los signos de cólera y amargura son de Aries, Leo y Escorpio.

Los signos que anuncian una voz potente son Géminis, Virgo y Libra. Y los que no indican voz son Cáncer, Escorpio y Piscis.

Por tanto, existen diferencias bastante grandes entre los diversos períodos de un signo del Zodíaco, y el que nace débil en un primer período, nacerá tal vez fuerte en el último período o fase.

Es de observar que Leo, Virgo y Sagitario tienen una marcha ascendente y que Piscis, Cáncer y Capricornio decrecen, lo que, al principio de los signos de Aries, Leo y Tauro, hace que el cuerpo tienda a engordar y robustecerse. Géminis, Escorpio y Sagitario tienden, en los primeros grados, a la delgadez y la debilidad, y en los últimos períodos a la obesidad y la fuerza.

Los demás signos poseen una fuerza casi igual y al desarrollarse el hombre bajo su influencia resulta bastante bien proporcionado en todos sus miembros.

Los que nacen de día, según se ha observado, son más hermosos que los que nacen de noche, pues la noche favorece a los planetas en sus malignas influencias.

Los planetas que aportan la riqueza son Júpiter, el Sol y Venus; el Sol también otorga la prudencia; Mercurio, la elocuencia; Venus una hermosa y suave palabra.

Las constelaciones se dividen en cuatro grupos, tres a Oriente, tres a Mediodía, tres a Occidente y tres al Septentrión.

Aries está en el corazón de Oriente, con Leo a la izquierda y Sagitario a la derecha.

Capricornio está en el corazón del Mediodía, con Tauro a la izquierda y Virgo a su derecha.

Libra está en el corazón de Occidente, con Acuario a la izquierda y Géminis a su derecha.

Cáncer está en el corazón del Septentrión, con Escorpio a su izquierda y Piscis a su derecha.

Esta disposición del cielo por los astrólogos para formular los horóscopos, leer en el Destino y dar consejos sobre los diversos actos de la vida, tiene un significado muy particular que presentamos aquí porque el lector sentirá seguramente el afán de conocer más y mejor los secretos de esta ciencia.

—Si deseas saber —le dijo un italiano a Catalina de Médicis—, si deseas saber lo que debes hacer, contempla los astros; cuando el Sol está en los signos de Oriente, prosperarás en tu familia, vivirás sin maldad, tu sueño será ligero si lo giras hacia Oriente y si obras dirigiendo siempre todas las acciones de este lado.

Asimismo, si deseamos ganar cuando empezamos, cuando adquirimos o vendemos algo, si esperamos honores y provecho, o bien algo más, contemplemos los signos y evitemos a aquéllos cuya conjunción sea desfavorable.

Estas cosas, amigo lector, nada tienen que asuste; los marinos, en los lejanos mares, no navegan sin consultar a las estrellas, no sólo para conocer la marcha de sus navíos y dirigirlos, sino para conocer los vientos y pronosticar las tormentas bajo todas las latitudes. Dios no coordenó los mundos para que no conociéramos nuestro lugar, y en el planeta en que vivimos no hay una brizna de hierba que no tenga su razón de ser, no hay una línea de nuestras manos que no signifique algo, no hay un solo accidente de nuestra vida que no tenga su causa y su efecto.

Esto es, lector amigo, lo que te ofrecemos en abundancia, aunque sucintamente; aquí nos detenemos porque en caso de continuar avanzando más lejos en la Astrología, no hay en ella tanta certidumbre ni tanto fundamento.

Lo que acabamos de decir no hay que olvidarlo, si bien tampoco hayas de confiar ciegamente en ello hasta que puedas comprobarlo por ti mismo. Por ser nosotros uno de los príncipes de esta ciencia, te rogamos que no hagas nada, que no digas nada, que no afirmes nada apresuradamente. Especialmente, no debes aventurarte a conjeturar esas cosas sin antes haber examinado bien todos los signos que presiden el nacimiento de un bebé, pues el hombre más prudente se equivoca a menudo; Dios ha hecho que nuestro espíritu yerre, y así todos estamos sujetos a error.

De este modo, puede ocurrir que un hombre nacido en Aries sea muy propenso a encolerizarse; sin embargo, se moderará porque pensará que su vicio es vergonzoso. Si se modera y yo le juzgo sujeto a los furores, la gente se burlará de mí, pues aunque la naturaleza y el destino lo empujen a tal cosa, es hombre capaz de templarse cuando lo ha reflexionado todo a fondo.

Si obras de otra manera, puedes estar seguro de que no pronosticarás nada cierto y que todos se burlarán de tus predicciones.

Lo repito porque conozco a muchos que se han engañado sobre este tema; se hallaban muy seguros de lo que decían y, no obstante, estaban a cien leguas de la verdad.

PLANETAS DE BUENA Y MALA SUERTE
PLANETAS NEUTROS

Los planetas de Buena Suerte son:

Júpiter
Venus
El Sol

Los de Mala Suerte:

Saturno
Marte

Los planetas neutros —buenos con los buenos, malos con los malos—, son:

Mercurio
La Luna

Signos	
Favorables Buena Suerte	Funestos Mala Suerte
Aries	
Tauro	Virgo
Géminis	
Cáncer	Libra
Leo	
Sagitario	Escorpio
Capricornio	
Acuario	Piscis

LOS DÍAS MALOS DEL AÑO
(días egipcíacos)

Los astrólogos del antiguo Egipto observaron que las enfermedades contraídas en ciertos momentos tenían generalmente un desenlace funesto y que los negocios emprendidos iban de mal en peor. Según ellos, los días y las horas egipcíacos son:

Enero	1º a las 11 de la noche y 25 a las 6 de la tarde
Febrero	4 a las 8 de la tarde y 20 a las 10 de la noche
Marzo	1a las 4 de la tarde y 28 a las 10 de la noche
Abril	10 a las 8 de la mañana y 20 a las 11 de la noche
Mayo	3 a las 6 de la tarde y 25 a las 10 de la noche
Junio	10 a las 6 de la tarde y 16 a las 4 de la tarde
Julio	13 a las 11 de la noche y 22-23 a las 11 de la noche
Agosto	1º a la 1 de la tarde y 30-31 a las 7 de la tarde
Setiembre	3 a las 3 de la tarde y 21 a las 4 de la tarde
Octubre	3 a las 8 de la tarde y 22 a las 9 de la noche
Noviembre	5 a las 8 de la tarde y 28 a las 5 de la tarde
Diciembre	7 a la 1 de la tarde y 22 a las 6 de la tarde

La Suerte de un planeta aumenta considerablemente si el planeta está en el signo zodiacal que es su domicilio. La Tabla siguiente será muy útil a este efecto.

Partes del Cielo, Domicilio de los Planetas

PLANETAS	CASA PRINCIPAL O DIURNA	CASA SECUNDARIA O NOCTURNA
Saturno	Capricornio	Acuario
Júpiter	Sagitario	Piscis
Marte	Aries	Escorpio
Sol	Leo	
Venus	Tauro	Libra
Mercurio	Virgo	Géminis
Luna	Cáncer	

EJEMPLOS PRÁCTICOS

Para determinar la suerte de una persona nacida el 30 de marzo de 1887.

El calendario de Bussy nos da el miércoles como día del nacimiento.

Influencia de Mercurio.

La Tabla de influencias planetarias nos da el Sol como

dominante del 30 de marzo al 8 de abril.

El signo del Zodíaco es Aries (20 marzo a 20 abril).

El 30 de marzo no es un día egipcíaco (véase la tabla de estos días).

El Sol, Mercurio y Aries son signos de Suerte.

La persona nacida el 30 de marzo de 1887 tiene suerte y no hay en su contra ninguna mala influencia, bien de planeta, bien de signo a combatir.

Veamos una persona nacida el 8 de marzo de 1885.

Nació en domingo. Planeta: el Sol.

Influencia de Marte (tabla de las influencias planetarias, 5 al 14 de marzo).

El 8 de marzo no es día egipcíaco.

La influencia zodiacal es la de Piscis (20 febrero a 20 marzo).

Hay una buena influencia planetaria con un signo de violencia (Marte).

Hay mala influencia zodiacal: Piscis.

Hay Suerte personal y lucha contra el exterior para asegurar esta Suerte.

La Voluntad y las Fuerzas invisibles son necesarias aquí.

UNA CLAVE DE LA CÁBALA ORIENTAL

La Mano de Fátima

Joseph Balsamo, conde de Cagliostro, nació en Palermo en 1713, visitó Egipto, Arabia, Persia, Malta, Rodas, las islas del Archipiélago y Roma, y en todas partes adquirió unas ciencias que le aseguraron una fama colosal en el arte de los oráculos.

Falleció en el castillo de San León en 1795 y fue allí, en un viejo manuscrito, donde dejó este oráculo: *La Mano de Fátima*, desde largo tiempo atrás utilizado en los pueblos de Oriente, pero desconocido, no obstante, hasta estos últimos tiempos. He aquí, según el orientalismo, la traducción de este oráculo recuperado:

Este oráculo se divide en dos partes: 1º *la Mano de Fátima* o clave de los *números individuales* que sirven para determinar, de manera muy exacta, el carácter, el temperamento y las aptitudes de un individuo; 2º el *Doble Zodíaco*, clave del porvenir que sirve para levantar el velo del futuro y hundir sus miradas en los abismos del destino. Este Doble Zodíaco es la parte de la figura formada por dos círculos concéntricos y situada debajo de la Mano de Fátima, de la que está separado por un doble trazo.

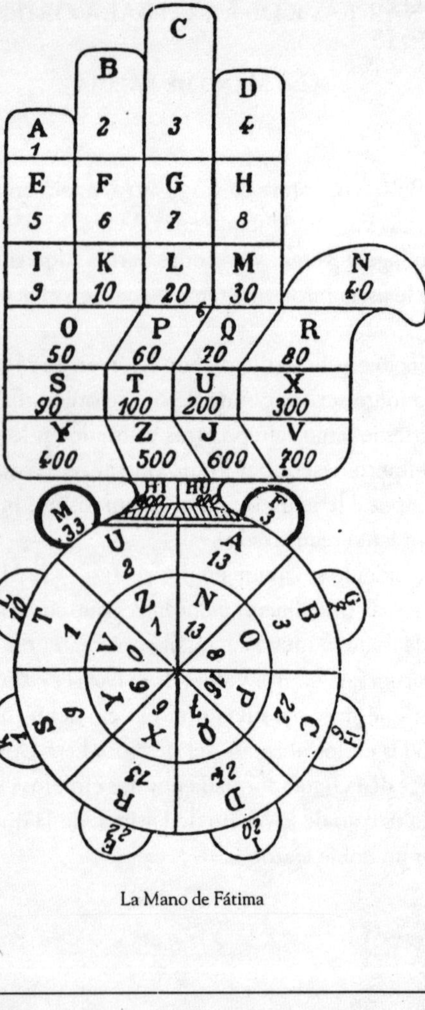

La Mano de Fátima

EXPLICACIÓN: 1º. *La Mano de Fátima.* Para conocer el carácter, las aptitudes, el temperamento de una persona con ayuda de este oráculo, hay que tomar cada una de las letras del apellido y el nombre propio de la persona, y reemplazarlas por las cifras correspondientes inscritas frente a esas letras en los casilleros que dividen la Mano de Fátima. Se suman todos los números obtenidos y se obtendrá el *número individual* de la persona. Para obtener el significado de este número, se consulta la Tabla de la *Mano de Fátima* suprimiendo los millares y examinando aparte cuál es el significado de las centenas.

EJEMPLO: ¿Queréis saber cuál era el número individual de Jean-Jacques Rousseau?

J	=	600	J	=	600	R	=	80
E	=	5	A	=	1	O	=	50
A	=	1	C	=	3	U	=	200
N	=	40	Q	=	70	S	=	90
			U	=	200	S	=	90
			E	=	90	E	=	5
			S	=	5	A	=	1
						U	=	200
		646			969			716

Total: 2.331

El total es 2.331. Suprimo los 2.000 y conservo solamente 331 que me da en la tabla: Fe ardiente, filosofía para 300; amor a la gloria para 31, lo que en efecto era el carácter de ese hombre.

Si el nombre diese un número no existente en la Tabla o marcado como "nulo", habría que descomponerlo por centenas, por decenas y por unidades. El nombre de César, por ejemplo, da 179, y se encuentra:

100 = Favores, honores, gloria; 70 = Amor a la ciencia.
9 = Imperfecciones y dolores, penas, atentado.

Para Napoleón Bonaparte se encuentra 804.800 = Imperio, gloria, exilio; 4 = Temeridad, generosidad, poder.

Tabla de respuestas

1	Pasión, ambición, ardor.
2	Destrucción, muerte, catástrofe.
3	Misticismo, amor platónico, ensueño.
4	Temeridad, generosidad, poder.
5	Felicidad, fortuna, boda.
6	Perfección, trabajo.
7	Pureza de sentimientos, contemplación.
8	Amor a la justicia, honestidad.
9	Imperfecciones y dolores, penas, atentado.
10	Cumplimientos, razón, dicha futura.
11	Defectos numerosos, logros dolorosos.

12	Amuleto, presagio feliz.
13	Impiedad, cinismo.
14	Devoto hasta el sacrificio.
15	Creencia, ideal.
16	Felicidad, voluptuosidad, amor.
17	Inconstante, veleidoso.
18	Testarudez, incorregible.
19	Nulo.
20	Tristeza, austeridad.
21	Brutalidad, violencia.
22	Invención, prudencia, misterio.
23	Calamidad, venganza.
24	Indiferencia, egoísmo.
25	Inteligencia, nacimientos numerosos.
26	Ansias de ser útil.
27	Firmeza, coraje.
28	Favores, ternura, amor.
29	Nulo.
30	Bodas, celebridades.
31	Ambición, gloria.
32	Himen, castidad.
33	Conducta ejemplar.
34	Sufrimientos, pesares.
35	Armonía espiritual y corporal, salud.
36	Gran genio, vastas concepciones.
37	Virtudes dulces, amores conyugales.
38	Imperfección, avaricia, envidia.

39	Nulo.
40	Fiestas, orgías, placeres.
41	Sin valor moral o físico.
42	Viajes, vida desdichada y breve.
43	Ceremonias religiosas, apostolado.
44	Poderes, pompa, honores.
45	Concepción, posteridad numerosa.
46	Vida campestre, abundancia, fertilidad.
47	Vida feliz y larga, exenta de preocupaciones.
48	Tribunal, juicio, ruina.
49	Nulo.
50	Cautividad y luego libertad, felicidad.
60	Viudedad.
70	Amor a la ciencia.
73	Ama la naturaleza, poco artificio.
75	Sensibilidad, afecto, caridad.
77	Arrepentimiento, gracia final.
80	Enfermedad, curación, larga existencia.
81	Bellas artes, cultura intelectual.
90	Poco clarividente, error, aflicción.
100	Favores, honores, gloria.
120	Buen esposo, ferviente patriota.
150	Adulación, hipocresía.
200	Irresolución.
215	Calamidad.
300	Fe ardiente, filosofía.
313	Clarividencia, lucidez.

350	Ingenuidad, esperanza en la justicia.
360	Sociabilidad, numerosos talentos.
365	Cálculo, interés, egoísmo.
400	Arte, amor, impulsos.
490	Claustro, fervor, misterio.
500	Elección, honores, estatua.
600	Víctima de la envidia, éxito, catástrofe.
666	Cábala, conjura, hundimiento social.
700	Fuerza, vigor, salud.
800	Imperio, gloria, exilio.
900	Guerrero valeroso, cruz, condecoraciones.
1000	Ambición
1095	Víctima de persecución, mártir.
1260	Tormentos, consuelos en la vejez.
1390	Debilidad física, energía moral.

2º *Doble Zodíaco*. Queridas lectoras, queridos lectores ¿deseáis saber si sois amados o si saldréis victoriosos en las luchas que os reserva el futuro? Consultad el Doble Zodíaco.

Para esto, escribid el nombre de bautismo y el de vuestro adversario en amor o en la futura lucha; y tomad aparte la suma que cada uno os dará haciendo uso del alfabeto del Doble Zodíaco.

Dividid cada suma por 9 y buscad el número que quedará de uno y otro en las primeras columna de la Tabla que sigue. Veréis cuál es el número vencedor del rival.

1		3, 1, 7, 9	6		1, 3, 5, 3
2	obtendrá	1, 4, 0. 8	7	obtendrá	2, 4, 6, 8
3	la victoria	2, 5, 7, 9	8	la victoria	1, 3, 5, 7
4	sobre	1, 3, 6, 8	9	sobre	2, 4, 6, 8
5		2, 4, 7, 9			

Mayo de 1902.

Capitán FRANLAC

LA SUERTE Y LAS LÍNEAS DE LA MANO

Pedidle el secreto de la Suerte a una gitana: tomará vuestra mano y os leerá en ella los misterios de vuestro destino. Desde el nacimiento, en efecto, todas las líneas misteriosas de la mano están trazadas y, sin compilar para los lectores de esta obra un curso de lectura de las líneas de la mano o quiromancia, daremos aquí algunas figuras sencillas que le permitirán al curioso lector o a la curiosa lectora descubrir muy pronto los signos de la Suerte o Buenaventura o de la Mala Suerte ocultos en la mano.

LA SUERTE EN LA FORMA DE LOS DEDOS

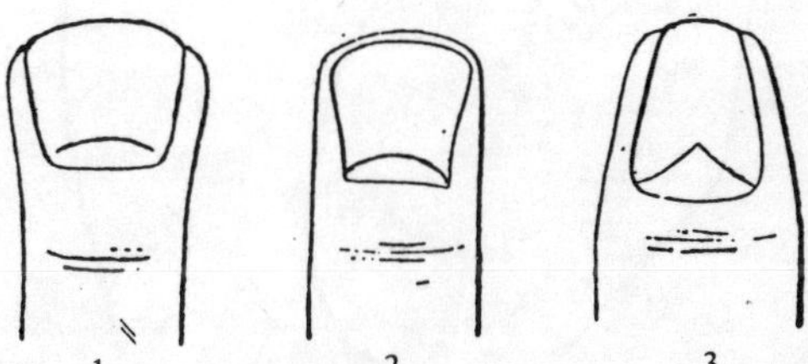

1 2 3

La Suerte en la forma de la extremidad de los dedos.
1 El Dedo de extremidad espatulada indica Suerte en las empresas materiales.
2 El Dedo de extremidad cuadrada indica Suerte en las investigaciones científicas.
3 El Dedo de extremidad puntiaguda indica Suerte en arte y diplomacia.

La Suerte y la longitud de los dedos

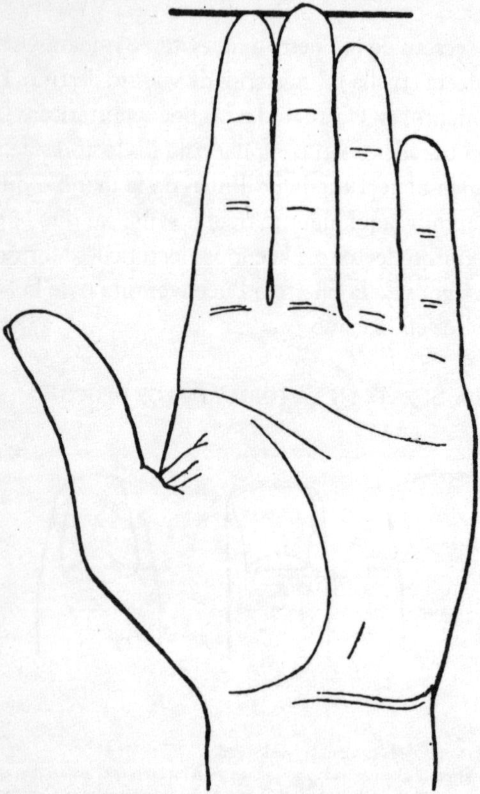

El Índice (Júpiter) más largo que el Anular (Apolo) indica Suerte en las empresas materiales y amor a la felicidad material.

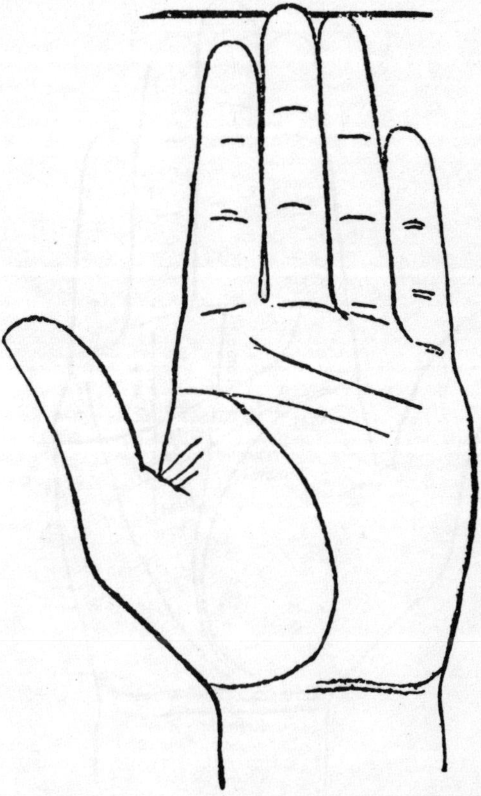

En cambio, el Anular (Apolo) más largo que el Índice anuncia Suerte en el arte, la gloria y la dificultad de conseguir éxito en las empresas puramente materiales.

Los nombres de las líneas de la mano

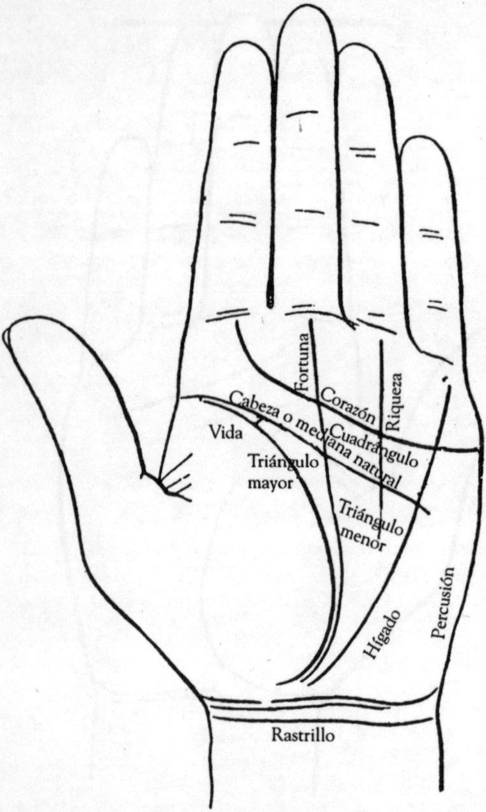

Esta figura da el nombre de cada línea de la mano según la Quiromancia. Sirve para comprender mejor todo lo obtenido con la lectura de los signos de Buenaventura en la mano.

SIGNOS ASTROLÓGICOS EN LA MANO

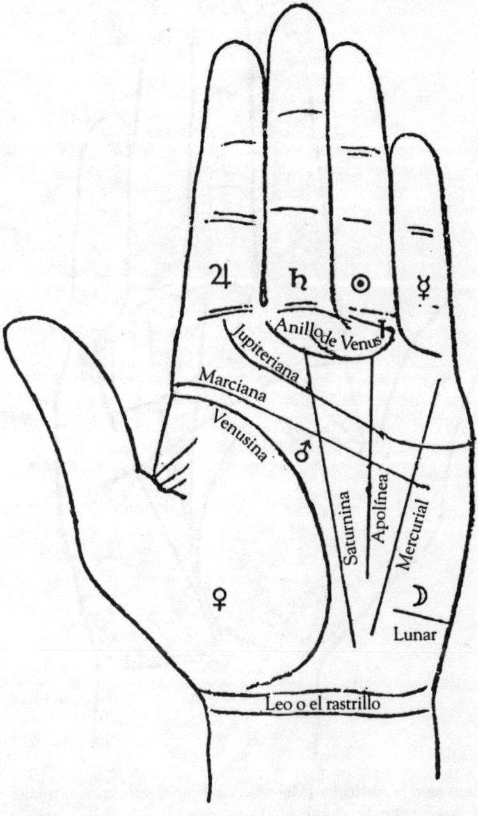

Esta figura indica las relaciones astrológicas de las rayas de la Mano. Es útil compararla con la figura anterior.

La Suerte en los negocios

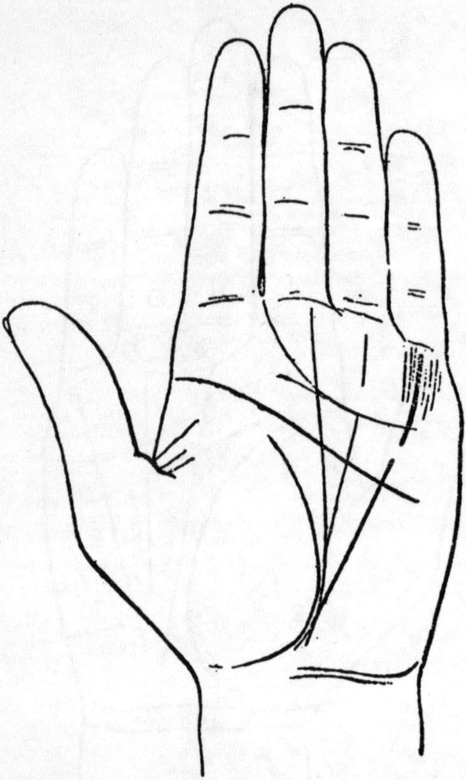

Estas rayas finas bajo la Auricular (Mercurio) indican Suerte en los estudios científicos y aptitud para las grandes empresas comerciales.
Una horquilla bajo el Anular (Apolo) indica oportunidad de llegar a ser rico con toda seguridad durante el transcurso de la existencia.

Matrimonio por amor

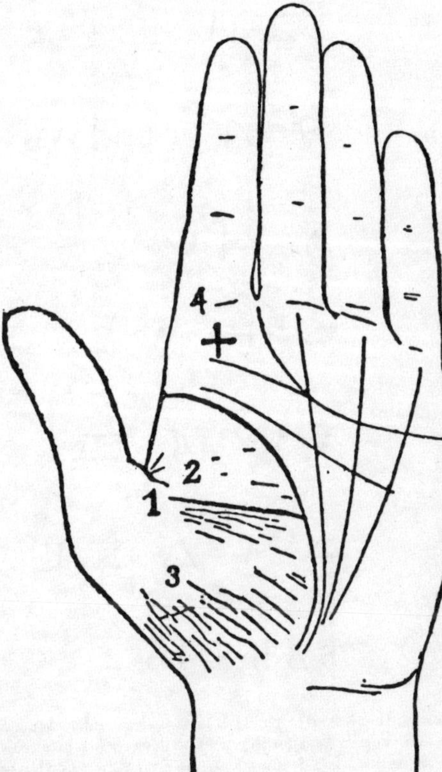

Mirad si tenéis una cruz bajo Júpiter, pues es señal de la oportunidad de una boda con amor asegurado.

Signos secretos de la Suerte

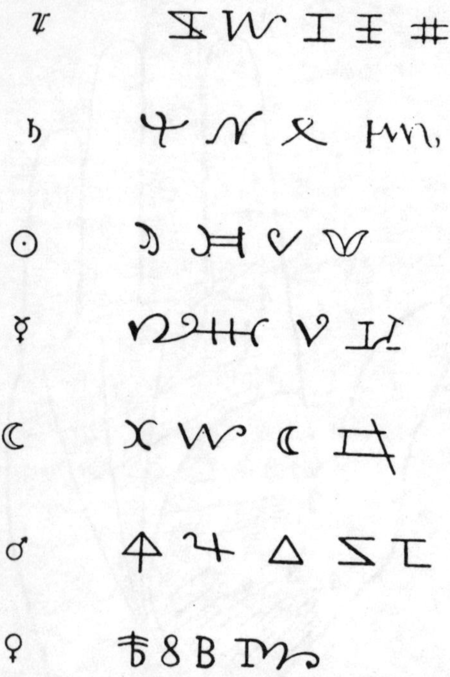

Cada uno de estos signos escritos en la mano por la naturaleza o dibujado por el Hombre sobre un pergamino virgen, da al que lo posee o lo lleva encima la Suerte del Planeta representado al comienzo de cada línea de signos. Estas Suertes son: Júpiter: oportunidad de alcanzar elevadas situaciones. Saturno: oportunidad de longevidad. Sol: oportunidad de tener éxito en arte y buena fortuna. Mercurio: oportunidad de éxitos científicos. Luna: oportunidad de felicidad familiar. Marte: oportunidad bélica. Venus: suerte en el amor.

LA SUERTE Y EL COLOR DE LAS MANOS

Uno de los procedimientos más sencillos para determinar las influencias invisibles que actúan sobre el carácter es el siguiente:

Se toma una hoja de papel en blanco y estando reunidas varias personas, aplicad sucesivamente la mano izquierda plana y la palma de la mano de cada una debajo de la hoja de papel en blanco. Entonces comprobaréis que cada persona tiene la piel de color diferente y que son cuatro los colores más característicos.

Las manos francamente blancas en relación con el papel: suerte en los negocios.

Las manos de tinte moreno: suerte en las empresas atrevidas.

Las manos de matiz rojo: suerte en las batallas económicas o políticas.

Finalmente, las manos de color amarillo: suerte en las artes.

Estos sencillos elementos bastan para determinar el diagnóstico.

LA SUERTE Y LA ESCRITURA

Sin entrar en los detalles de la grafología, que sus adeptos consideran una Ciencia (con C mayúscula), diremos, lo más sencillamente posible, que siendo la escritura la traducción exacta de la forma de la mano, manifiesta el temperamento y puede indicar la Buena o la Mala Suerte.

Signos de Suerte en la escritura

Líneas ascendentes
Barras de las *t* en lo alto de la letra.
Barras de las *t* ascendentes.
Letras unidas con escritura ascendente.
Grandes márgenes.
O y *a* abiertas.
Punto bien indicado sobre la i.

Signos de mala suerte a reformar

Líneas de escritura descendentes.
Barras de las *t* ausentes o colocadas debajo de la letra.
Barras de las *t* descendentes.
Letras separadas y mal formadas.

Ausencia de márgenes.
O y *a* en su mayoría cerradas.
Ausencia de punto sobre la *ı*.

SEGUNDA PARTE

LOS TALISMANES

El lenguaje del mundo invisible es la imagen.
Una imagen comprende seres que pueden hablar lenguas sumamente diferentes.

Por esto en los sueños que anuncian sucesos graves, en las visiones proféticas y en la mayoría de sus manifestaciones, el Mundo invisible se comunica con los humanos terrestres o con otro, mediante las figuras simbólica.

Algunos de esos signos que constituyen los elementos de la lengua del mundo invisible, han sido vistos y fijados por los videntes a fin de formarlos medios de comunicación entre los dos planos.

Los números y ciertos caracteres especiales forman los elementos de esta lengua sagrada que sirve para fabricar los talismanes.

Los talismanes influencian el plano que está en relación con los caracteres gráficos que los constituye y las ceremonias que han servido para establecer su atracción astral.

Los talismanes pueden emplearse para fijar la Suerte sobre un punto en que la misma es fugaz.

El soporte de los talismanes

Se lee a menudo en los viejos grimorios, que para escribir las plegarias mágicas o para dibujar los signos jeroglíficos de los talismanes es preciso hacerlo sobre *pergamino virgen*. Este término es muy oscuro para quien carece de la clave.

Para comprender su significado cabe recordar que los antiguos enseñaban que todo objeto guarda, inscrito en su atmósfera invisible, el rastro de todo lo que ha tocado o de todo lo que lo ha tocado o a estado en contacto con tal objeto por algún tiempo.

Algunos sujetos especiales denominados psicómetros, pueden, colocando un objeto sobre la frente, repetir hechos relativos a las cosas o a los seres con los que se ha relacionado el objeto en cuestión.

Sin embargo, era necesario que los pergaminos que se usaban en la operaciones mágicas no tuvieran fijadas en ellas imágenes extrañas. Por tal motivo, los antiguos preparaban los pergaminos con materiales elegidos especialmente y con pieles de animales muy jóvenes o muertos al nacer. De ahí se deriva la expresión "pergamino virgen". Se comprende, por tanto, que hoy día esta asepsia astral sea difícil de llevar a cabo. Se puede, en efecto, reemplazar el pergamino por papel de hilo puro escogido de manera especial, o mejor, por pieles de las que se utilice sólo un lado, procedente de animales muy jóvenes.

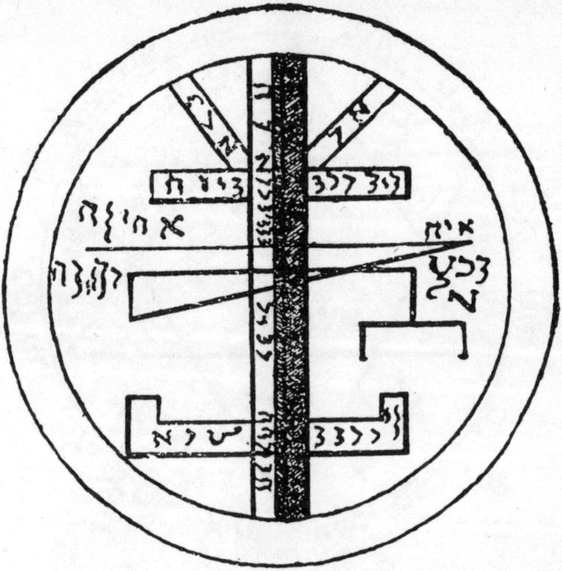

El talismán universal

Este talismán, compuesto por Éliphas Lévi, según los arcanos de Salomón, posee una enorme fuerza para conjurar a todos los malos Espíritus. Libera de las obsesiones y de los maleficios. Debe dibujarse sobre pergamino virgen con tinta de oro y llevarlo en una bolsita de seda color amarillo oro.

Reverso del talismán universal

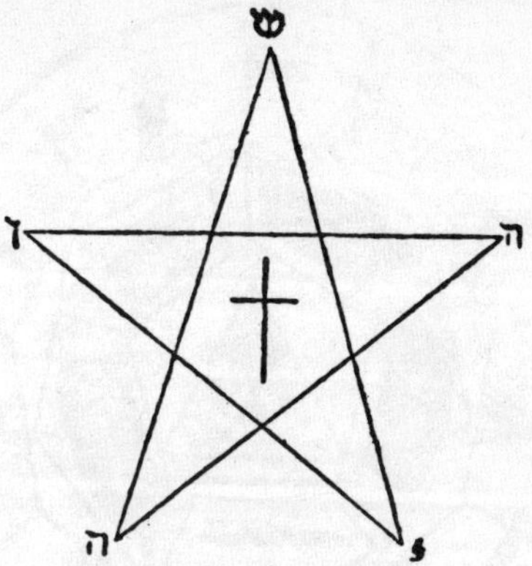

El Nombre Místico de N. S. Jesucristo
El Pentagrama y la cruz.
Signo de la Suerte contra los maleficios.
Signo de regreso de la Suerte desaparecida.

El Gran Talismán de la Suerte de los Francmasones

El plan de acción social de la Francmasonería se enseña en el grado 32 del rito escocés.

La clave de ese plan es la constitución de la Esfinge cuyos elementos constitutivos han sido algo modificados para desorientar a los profanos.

Este hermoso símbolo es un verdadero talismán social.

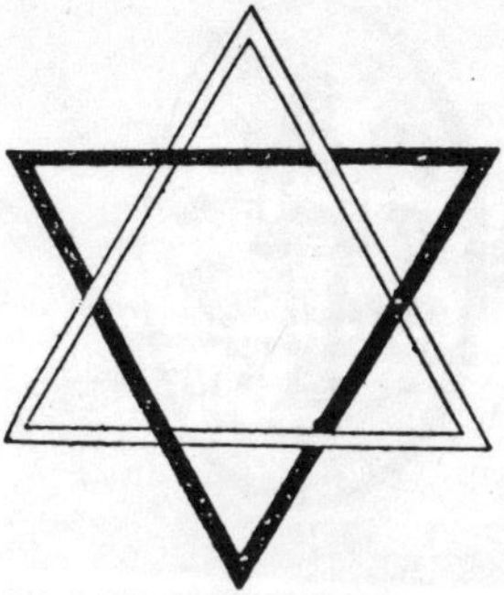

El Sello de Salomón

Los Misterios de la Pirámide

Monograma de Constantino

Nombre de Cristo y clave de la Torah, del Tarot y de la Rota, el Atanor espiritual.

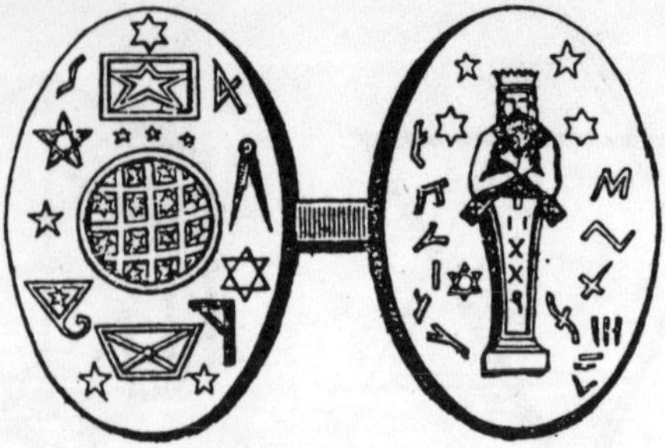

Talismán Gnóstico

Talismán de la Suerte
de los primeros cristianos gnósticos.

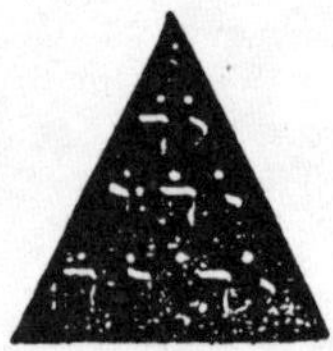

El Nombre Divino
de 72 Letras
Poderoso talismán cabalístico

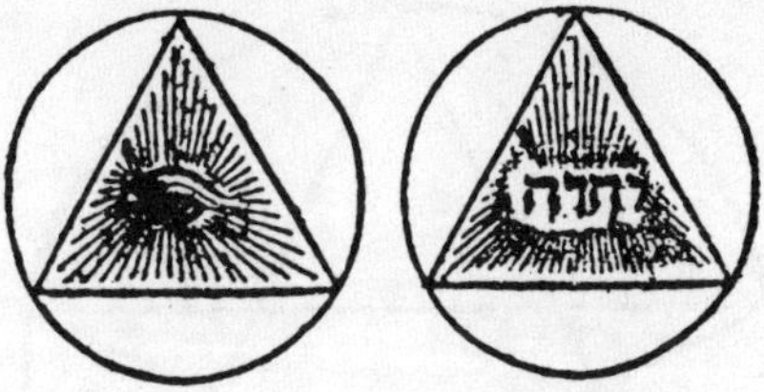

El Nombre Divino y su Adaptación Espiritual
Talismán cabalístico

La Esvástica
Símbolo del fuego espiritual
Talismán hindú de gran potencia

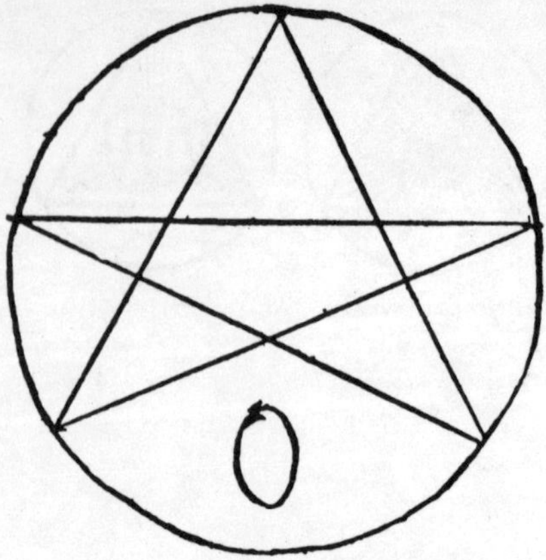

El Pentagrama
Clave de las fuerzas ocultas del hombre
Talismán muy usado, sobre todo en la Edad Media

El Nudo de Salomón
Adaptación árabe
del Sello de Salomón

La Trinidad Universal
Símbolo científico

Iglesia de Saint-Jacques la Boucherie

Los Talismanes Construidos

Los antiguos no sólo utilizaban talismanes individuales sino también talismanes sociales destinados a ahuyentar las malas influencias de las colectividades. Entre estas últimas son las catedrales las que desempeñaron un considerable papel.

He aquí una iglesia de la que sólo queda en pie una torre, llamada Torre de Saint-Jacques [Santiago]. Esta iglesia se construyó a cargo de Nicholas Flamel, según se dice. La Torre de Saint-Jacques está dominada por el símbolo de la Esfinge adaptado al cristianismo. Es un verdadero talismán social.

La Esfinge

La Esfinge egipcia daba la clave del cuaternario en todas sus adaptaciones. Descompuesta en sus cuatro formas constitutivas: Buey, León, Águila y Cabeza humana, se transformó en el símbolo de cada uno de los cuatro Evangelistas. Es un verdadero talismán construido, el más antiguo de todos ellos.

La clave de la constitución del Hombre por la Esfinge

He aquí la explicación del problema planteado por la Esfinge a Edipo: el Buey, símbolo de temperamento linfático, está sostenido por las piernas del Hombre y da la clave de las funciones abdominales; el León, símbolo de temperamento sanguíneo, está sostenido por los miembros torácicos y da la clave de las funciones del pecho; el Águila está sostenida por los miembros cefálicos y simboliza la imaginación y el temperamento nervioso; finalmente, la Cabeza humana, símbolo del temperamento bilioso y de la voluntad, domina y dirige a todos los animales que conforman el inconsciente inferior. Dibujo de Delfosse, con directrices de Papus.

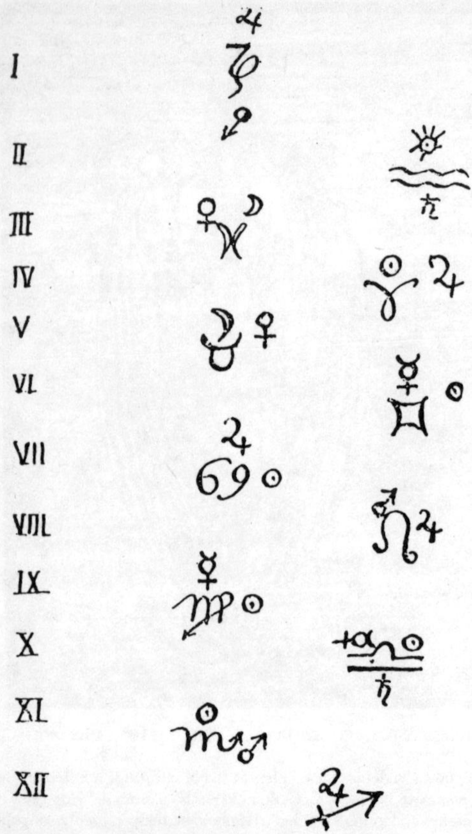

Cada uno de estos signos se relaciona con el mes astrológico del 20 al 20.

El primero va del 1 al 20 de enero; el segundo, del 20 enero al 19 febrero; y así sucesivamente. Es necesario grabar el signo del mes del nacimiento y llevarlo sobre la persona para fijar la suerte.

CÓMO CONSTRUIR LOS TALISMANES

Primeros elementos a conocer

DOMINGO

Obras de fortuna

Color .... Amarillo oro
Metal .... Oro.
Flores: .... Laurel, Heliotropo
Perfumes .... Cinamomo, Incienso masculino, Azafrán, Sándalo rojo
Piedras preciosas .... Crisolita o Rubí

LUNES

Obras adivinatorias

Color .... Blanco.
Metal .... Plata.
Flores .... Artemisa. Ranúnculo amarillo, Selenotropo.
Perfumes .... Sándalo blanco, Alcanfor, Áloe, Ámbar.
Piedras preciosas .... Perlas, Cristal y Selenita.

MARTES

Obras de cólera y de castigo

Color ....Rojo.
Metal ....Hierro, Acero.
Flores ....Absenta y Ruda.
Perfumes ....Verbena.
Piedras preciosas ....Amatista.

MIÉRCOLES

Obras de astucia y de ciencia

Color ....Azul, Amarillo rojizo.
Metal ....Mercurio.
Flores ....Narciso, Lirio,
Mejorana, Mercurial
y Fumaria.
Perfumes ....Benjuí, Macis
y Estoraque.

JUEVES

Obras de dominación

Color ....Gris.
Metal ....Bronce, Estaño.
Flores ....Granado, Encina,
Higuera, Álamo.
Perfumes ....Incienso, Ámbar gris,
Bálsamo, Grano del
Paraíso, Maíz y Azafrán.
Piedras preciosas ....Esmeralda y Zafiro.

VIERNES

Obras de amor

Color ....Verde.
Metal ....Cobre.
Flores.....................Violeta, Rosa, Mirto, Olivo.
Perfumes ....Canela, Verbena.
Piedras preciosas ....Turquesa, Berilio,
Lapislázuli.

SÁBADO
Obras fúnebres

Color. . . . . .Negro.
Metal: . . . . .Plomo.
Flores: . . . . .Eléboro negro,
Ciprés, Fresno.
Perfumes .Diagridio, Alumbre,
Escamonea, Azufre,
Asafétida.
Piedras preciosas . . . . .Ónice.

SIGNOS			
ÍGNEOS	AÉREOS	ACUÁTICOS	TERRESTRES
Aries Leo Sagitario	Géminis Libra Acuario	Cáncer Escorpio Piscis	Tauro Virgo Capricornio

SIGNOS	
CALIENTES	FRÍOS
Aries *seco* Géminis *húmedo* Leo *seco* Libra *húmedo* Sagitario *seco* Acuario *húmedo*	Tauro *seco* Cáncer *húmedo* Virgo *seco* Escorpio *húmedo* Capricornio *seco* Piscis *húmedo*

EL TAROT DE LOS BOHEMIOS

Los antiguos egipcios poseían un libro en el que cada hoja llevaba consigo una imagen grabada sobre una lámina de oro. Ese libro servía para enseñar astronomía y alquimia a los sacerdotes jóvenes y para dar las claves de las adaptaciones simbólicas a todos los iniciados.

Los bohemios nos trajeron este libro y así la clave de la Torah, la Rota de As-Tarot se convirtió en un vulgar juego de naipes.

Ya hemos escrito dos volúmenes para dar a conocer la clave de este libro, por lo que aquí daremos solamente las figura de los Arcanos Mayores, cada uno de los cuales es un verdadero talismán.

Basta con tirar siete cartas al consultante y examinarlas según la clave que sigue para darse cuenta de si el consultante tiene a su alrededor influencias de suerte o no.

Para todos los detalles hay que referirse a nuestras dos obras:

El Tarot de los Bohemios. Clave absoluta de la ciencia oculta.

El Tarot adivinatorio, clave de echar las cartas y la suerte, con las 78 láminas del Tarot egipcio y su método de interpretación.

El Mundo El Carro

Signos de Suerte Mayor

La Rueda de la Fortuna

El Bufón (El Mago)

Signos de Suerte Mayor

La Justicia

El Emperador

Signos de Suerte Mayor

La Fuerza

La Emperatriz

Signos de Suerte Mayor

El Sol

Signos de Suerte Menor

La Templanza

La Estrella

Signos de Suerte Menor

La Papisa (La Suma Sacerdotiza)

El Ermitaño

Signos de Suerte Menor

Los Enamorados

El Papa (El Sumo Sacerdote)

Signos de Suerte Menor

El Colgado

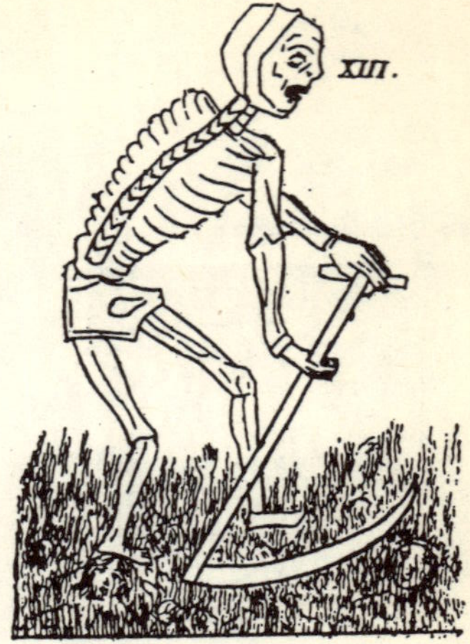

La Muerte

Signos de Mala Suerte

El Fuego celeste (La Torre)

El Juicio

Signos de Mala Suerte

El Loco

Signos de Mala Suerte

El Diablo

La Luna

Signos de Mala Suerte

Para componer un signo de Suerte individual que evite largos cálculos y sea eficaz, basta con emplear las correspondencias lunares.

La Luna sufre en 28 días todas las influencias que el Sol sufre en 365 días.

La fase de la Luna Nueva corresponde al Invierno.

La fase del Cuarto Creciente a la Primavera.

La fase de la Luna Llena al Verano.

La fase de la Luna Menguante al Otoño.

Pueden componerse las figuras de los talismanes enumerados a continuación, sea sobre los metales indicados y los cuerpos enumerados, sea sobre un pergamino virgen o la piel de una ternera recién nacida. Será bueno procurarse siete lápices de color y dibujar en torno al talismán, con uno de los lápices, un círculo según el día de la semana en que se compone el talismán. Los colores son: para el lunes, Blanco, para el martes, Rojo; para el miércoles, tres colores armónicos (Amarillo, Rojo, Verde); para el jueves, Gris; para el viernes, Azul; para el sábado, Negro y para el domingo, se hará el círculo en Amarillo muy vivo o, mejor aún, mediante un hilo de oro. Si habéis hecho dibujar por un tercer individuo vuestro talismán de la Suerte, tomaos el trabajo de consagraros vosotros mismos a trazar el círculo del día, perfumándolo con el perfume indicado.

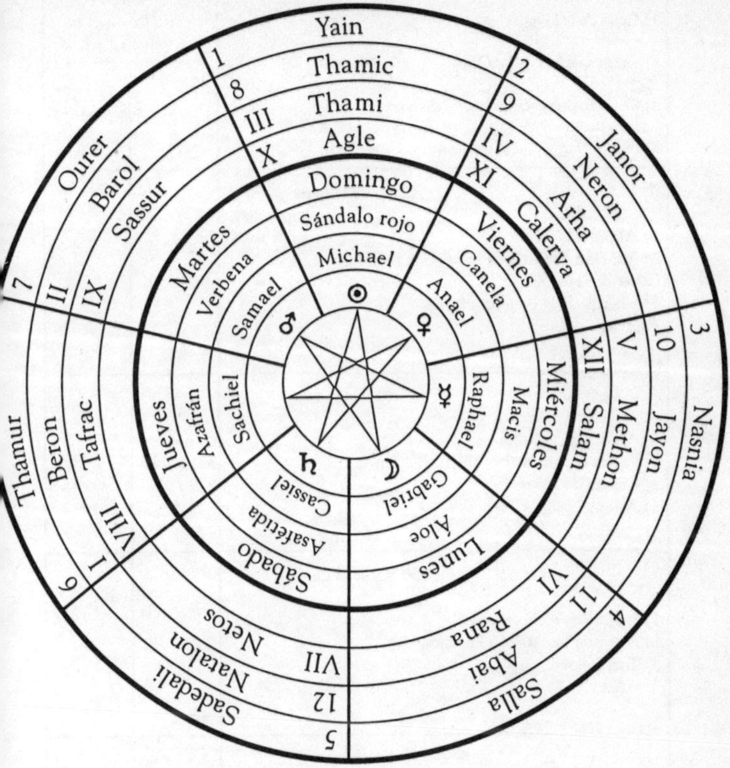

Reloj Mágico

Separar el centro hacia la derecha del trazo doble y hacer girar ese centro llevando el día elegido sobre la primera hora (como el domingo de la figura aquí considerada).

1) Casas de la Luna. 2) Otros nombres de las Casas. 3) Constelaciones cuyas casas son compuestas. 4) Signos correspondientes.	GRADOS que la Luna recorre en un día	
	Entrada	Salida
1er día de la Luna 1) Alnath 2) Estación de Piscis. Vientre de la Ballena. Cuernos de Aries 3) Vientre de la Ballena y Piscis. 4) Aries.	0 0	12 32
2º día de la Luna 1) Albochau, Abotha. 2) Pez de Horus. Sartin. Vientre de Aries. 3) Cabeza de Aries. 4) Aries.	12 32	25 42
3er día de la Luna 1) Athoraye. Achoomazone. 2) Bathin. Pluviátiles o Piciades. 3) Triángulo. 4) Aries	25 42	V 8 24
4º día de la Luna 1) Aldecharam. Achaomazone. 2) Estación de Horus. Altarieth. Ojo de Tauro. 3) Pléyades. 4) Tauro	8 24	21 24

1) Inteligencias que presiden a las casas. 2) Influencias de las casas según varios autores. 3) Talismanes cuyas virtudes son las mismas que las influencias de las casas.	Letras cabalísticas que corresponden a las casas ——— Personajes simbólicos cuyo día de nacimiento corresponde a cada casa.
1) Geniel Kiaiel. 2) Reina de su enemigo. Enfermedades largas, pero no mortales. Niño vivirá largo tiempo. Sueños, signo de júbilo. Viaje. Discordia. 3) Hombre de negro, ceñido y vestido con sílice, lanzando un dardo con la mano derecha. Grabar en pergamino virgen un anillo de hierro sellado con cera negra. Perfumado con estoraque líquido.	א Adán
1) Encd'el Hiaiel. 2) Reconciliación con el príncipe. Bueno para viajar, engendrar, construir, labrar. Enfermedades cortas. Niño crecerá rápido. Sueños sin efecto. Tesoros descubiertos. Cautivos retenidos. 3) Rey coronado. Sellado con cera blanca y almáciga. Perfume: madera de áloe.	ב Eva
1) Amixiel Ginchiael. 2) Prosperidad. Buena fortuna. Enfermedades peligrosas. Sueños sin efecto. Niño no vivirá. No hay que emprender nada este día. Bueno para los navegantes, cazadores, alquimistas. 3) Placa de plata. Mujer bien ataviada y sentada en un trono, la mano derecha levantada por encima de su cabeza. Alcanfor y almizcle.	ג Caín
1) Azariel Ginchiael. 2) Enemistad. Venganza. Bueno para las empresas. Enfermedades peligrosas. Sueños realizados. Niño será traidor. Destrucción de edificios. Espanta los reptiles. 3) Cera roja. Soldado a caballo llevando en la mano derecha una serpiente. Mirra roja y estoraque.	ד Abel

1) Casas de la Luna. 2) Otros nombres de las Casas. 3) Constelaciones cuyas casas son compuestas. 4) Signos correspondientes.	GRADOS que la Luna recorre en un día Entrada	 Salida
5º día de la Luna 1) Alchataya. Albanna 2) Estación de Horus. Mayor. Aldebarán. 3) Ojo de Tauro. 4) Tauro.	21 24	□ 4 17
6º día de la Luna 2) Recinto. Astro diminuto de gran luminosidad. 3) Cabeza de Géminis. 4) Géminis.	4 17	17 8
7º día de la Luna 1) Alarazach. Aldimiach. 2) Athenaab. Brazo de Géminis. 3) Hombros de Géminis. 4) Géminis.	17 8	30 0
8º día de la Luna 1) Alnaza. Anatrachya. 2) Codo de Leo. Codo del Nilo, porque durante esta casa el Nilo empieza a crecer. Nebulosa 3) Cáncer 4) Cáncer.	□ 30 0	12 50

1) Inteligencias que presiden a las casas. 2) Influencias de las casas según varios autores. 3) Talismanes cuyas virtudes son las mismas que las influencias de las casas.	Letras cabalísticas que corresponden a las casas ——— Personajes simbólicos cuyo día de nacimiento corresponde a cada casa.
1) Cabiel Huniel. 2) Favor de los grandes. Malas acciones castigadas. Enfermedades mortales. Sueños dudosos. Niño no vivirá. Salud, retorno favorable. Instrucción de discípulos. Edificios elevados. 3) Plata. Cabeza de hombre. Sándalo.	ה Lamech
1) Dirachiel Phginiel. 2) Benevolencia. Amor. Felicidad en las empresas. Sueños dudosos que deben ser mantenidos en secreto. Niño vivirá largo tiempo. Bueno para la caza y los acosos. Malo para las cosechas y las operaciones del cirujano. 3) Cera blanca. Hombre y mujer besándose. Áloe y ámbar.	ו Hebrón
1) Scheliel Zinaiel. 2) Adquisición de bienes. Malvados castigados. Enfermedades breves. Sueños realizados. Niño vivirá largo tiempo. Bueno para los amantes. Destrucción de moscas y de operaciones químicas. 3) Plata. Hombre bien vestido, levantando las manos al cielo en súplica. Los perfumes más buscados.	ז Muerte de Abel
1) Amnediel Athaniel. 2) Victoria. Feliz para los viajeros, funesto para las enfermedades. Sueños realizados. Niños deformes. Amor, amistad. Sociedad de viajeros. Destrucción de las ratas. Cautivos retenidos en prisión. 3) Estaño. Águila con rostro humano. Azufre.	ח Matusalén

1) Casas de la Luna. 2) Otros nombres de las Casas. 3) Constelaciones cuyas casas son compuestas. 4) Signos correspondientes.	Grados que la Luna recorre en un día	
	Entrada	Salida
9º día de la Luna 1) Alcharph. Archaan. 2) Estación de influencia. Almatrhef. Ojo de Leo. 3) Los Asnos. 4) Cáncer.	12 50	25 25
10º día de la Luna 1) Aglebh. Algeliache. 2) Estación que se engendra a sí misma. Eltarph, Cerebro de Leo. 3) Cabeza de Leo. 4) Leo.	♋ 25 25	8 34
11º día de la Luna 1) Arbdaf. Azalbra. 2) Frente. Elgich. Algbhet. Melena de Leo. 3) Frente de Leo. 4) Leo.	8 34	21 21
12º día de la Luna 1) Alzarpha. 2) Alcharhau. Alzabre. Cola de Leo. 3) Cabeza de Virgo. 4) Leo.	21 25	4 7

1) Inteligencias que presiden a las casas. 2) Influencias de las casas según varios autores. 3) Talismanes cuyas virtudes son las mismas que las influencias de las casas.	Letras cabalísticas que corresponden a las casas Personajes simbólicos cuyo día de nacimiento corresponde a cada casa.
1) Barbiel Tiaiel. 2) Dolencias. Enfermedades bastante peligrosas. Sueños realizados. Niños vivirán largo tiempo. Bueno para las cosechas y los viajantes. Siembra la discordia. 3) Plomo. Hombre privado de las partes de generación, tapándose los ojos con las manos. Resina de pino.	ט Nabucodonosor
1) Ardesiel Diaiel. 2) Parto fácil. Feliz para las empresas. Sueños vanos. Enfermedades mortales. Niños viajarán. Amor, benevolencia. Socorro contra los enemigos. Edificios levantados. 3) Oro. Cabeza de león. Ámbar.	י Noé
1) Nectael Kekaiel. 2) Temor, respeto. Propio para la emigración. Mujeres peligrosas. Enfermedades. Niños espirituales que vivirán largo tiempo. Bueno para los comerciantes, viajantes y la redención de cautivos. 3) Oro. Hombre montado en un león, asiéndole con una mano por la oreja, y con la otra blandiendo un dardo. Azafrán.	כ Samuel
1) Abdizuel. Laaiel. 2) Amistades rotas. Día desdichado. Sueños verdaderos. Enfermedades mortales. Niños cojos. Favorable a las cosechas, la navegación, las plantaciones. La suerte de los esclavos suavizada. 3) Plomo negro. Dragón combatiendo contra un hombre. Pelos de león y asafétida.	ל Canaán

1) Casas de la Luna. 2) Otros nombres de las Casas. 3) Constelaciones cuyas casas son compuestas. 4) Signos correspondientes.	Grados que la Luna recorre en un día			
	Entrada		Salida	
13º día de la Luna 1) Alhayere. 2) Estación de humor. Alszarphet. Alszamach. Stachys. Perros. Alas de Virgo. 3) Espiga de Virgo. 4) Virgo.	4	7	16	24
14º día de la Luna 1) Acharet. Azimet. Alhumech. Alchymech. 2) Estación del ladrador. Algara. Espiga de Virgo. Espiga volante. 3) Pecho de Virgo. 4) Virgo.	16	24	30	0
15º día de la Luna 1) Algarpha. Agrapha. 2) Estación de altura. Alamach. Tapado. Tapadera volante. 3) Libra. 4) Libra.	30	0	12	31
16º día de la Luna 1) Azubene. 2) Estación propicia. Algaphra. Cuerno de Escorpio. 3) Libra. 4) Libra.	12	51	25	17

1) Inteligencias que presiden a las casas. 2) Influencias de las casas según varios autores. 3) Talismanes cuyas virtudes son las mismas que las influencias de las casas.	Letras cabalísticas que corresponden a las casas ——— Personajes simbólicos cuyo día de nacimiento corresponde a cada casa.
1) Jazeziel Masaiel. 2) Paz y unión conyugal. Día desgraciado. Enfermedades peligrosas. Sueños realizados. Niños vivirán largo tiempo. Benevolencia, lucro. Viaje feliz. Cosechas abundantes. Redención de cautivos. 3) Imagen de hombre en cera roja. Imagen de mujer en cera blanca. Las dos placas estrechamente unidas. Áloe, ámbar.	מ Herodes
1) Ergediel Maknaiel. 2) Divorcio. Día feliz. Enfermedades benignas. Sueños dudosos. Niños perfectos en todo. Amor conyugal. Bueno para enfermos y navegantes. Malo para los viajeros de tierra. 3) Cobre rojo. Perro mordiéndose la cola. Pelos de perro y de gato negro.	נ Bendición de Noé
1) Ataliel Kekaiel. 2) Nuevas amistades. Día mediocre. Enfermedades no mortales. Sueños realizados. Niños amarán a las mujeres. Tesoros descubiertos. Pozos excavados. Divorcio. Discordia. Destrucción de casas y de enemigos. Malo para los viajeros. 3) Cera blanca. Hombre sentado leyendo unas cartas. Incienso y nuez moscada.	ס
1) Azeruel Aklaiel. 2) Ganancia en mercaderías. Feliz para los chalanes. Propio para la emigración. Sueños realizados. Niños vivirán largo tiempo. Malo para los viajeros, para los matrimonios, para las cosechas y para el comercio. Bueno para la redención de cautivos. 3) Plata. Hombre en un trono sosteniendo una balanza. Perfumes suaves.	ע Job

1) Casas de la Luna. 2) Otros nombres de las Casas. 3) Constelaciones cuyas casas son compuestas. 4) Signos correspondientes.	GRADOS que la Luna recorre en un día Entrada	 Salida
17º día de la Luna 1) Alchil. 2) Alzananath. Corona de Escorpio. 3) Garras de Escorpio 4) Escorpio.	26 17	8 36
18º día de la Luna 1) Altob. Alchas. 2) La Corona Ekalit. 3) Corazón de Escorpio. 4) Escorpio.	8 36	21 25
19º lía de la Luna 1) Allatha. Achale. 2) La Cola. Alkolle. Hycula. Ascala. 3) Cola de Escorpio. 4) Escorpio.	21 25	4 27
20º día de la Luna 1) Aberahya. 2) La Santa. Alschaulet. Astrocion. Estación del cambio de la canícula. Viga. 3) Pecho de Sagitario. 4) Sagitario.	4 27	17 8

1) Inteligencias que presiden a las casas. 2) Influencias de las casas según varios autores. 3) Talismanes cuyas virtudes son las mismas que las influencias de las casas.	Letras cabalísticas que corresponden a las casas Personajes simbólicos cuyo día de nacimiento corresponde a cada casa.
1) Adriel Papaigl. 2) Ratería, bribonadas. Funesto para las empresas. Remedios sin efecto. Sueños realizados tres días más tarde. Niños felices. Fortuna más favorable. Amor duradero. Edificios elevados. Navegación feliz. 3) Hierro. Un simio. Pelos de simio.	פ Incendio de Sodoma y Gomorra
1) Egibiel Mesraiel. 2) Dolencias. Enfermedades peligrosas. Sueños realizados. Niños laboriosos y ricos. Fiebre. Dolores de vientre. Discordia. Conjura. Sedición. Venganza. Liberación de cautivos. 3) Bronce. Serpiente enroscando su cola sobre la cabeza. Cuernos de ciervo. Este talismán dispersa a las serpientes y otras bestias venenosas.	צ Isaac
1) Amutiel Kephaiel. 2) Recuperación de la salud. Parto. Bueno para la soledad. Enfermedades no peligrosas. Sueños realizados. Niños no malvados. Asedio y toma de ciudades. Destierro. Ruina de navegantes. Pérdida de cautivos. 3) Bronce. Mujer tapándose el rostro con las manos. Estoraque líquido.	ק Faraón
1) Kiriel Rezaiel. 2) La caza. Bueno para las empresas. Enfermedades largas. Sueños realizados. Niños malvados. Destrucción de bestias feroces. Envenenamiento. Riquezas de los ancianos destruidas. Hombre obligado a vivir en tal lugar. 3) Estaño. Centauro-Sagitario. Cabeza de zorro.	ר Jonás

1) Casas de la Luna. 2) Otros nombres de las Casas. 3) Constelaciones cuyas casas son compuestas. 4) Signos correspondientes.	GRADOS que la Luna recorre en un día			
	Entrada		Salida	
21º día de la Luna. 1) Albeldach. Abeder. 2) Estación de gracia y acuerdo. La mano que produce una rica cosecha. Desierto. 3) Vientre de Sagitario. 4) Sagitario.	17	8	30	0
22º día de la Luna 1) Zodcholuch. 2) Villa. Elbehleh. Sadabacha. Zandeldera. Pastor. 3) Cabeza de Capricornio. 4) Capricornio.	30	0	12	51
23º día de la Luna 1) Zobrach. 2) Brazo del sacrificio. Saad Eldahabb. Engullidor. 3) Vientre de Capricornio. 4) Capricornio.	12	51	25	42
24º día de la Luna 1) Sadabach. 2) Brazo levantado. Saúl Elbecha. Chadezouath. Astro de fortuna. 3) Cola de Capricornio. 4) Capricornio.	25	42	8	24

1) Inteligencias que presiden a las casas. 2) Influencias de las casas según varios autores. 3) Talismanes cuyas virtudes son las mismas que las influencias de las casas.	Letras cabalísticas que corresponden a las casas ――― Personajes simbólicos cuyo día de nacimiento corresponde a cada casa.
1) Bethuzel Seraziel. 2) Calamidad. Bueno para descubrir ladrones, para divertirse, para aprovisionarse. Enfermedades peligrosas. Sueños vanos. Niños laboriosos. Bueno para la siega, los viajantes, la construcción de edificios, los negocios lucrativos y el divorcio. 3) Azufre. Figura de hombre con doble cara que se encierra en una caja de cobre con cabellos de la persona a la que se quiere perjudicar. Azufre. Ámbar amarillo.	ש Saúl
1) Galiel Tetaiel. 2) Fuga. Destierro. No emprender ningún negocio. Enfermedades peligrosas. Sueños realizados. Niños buenos y honrados. Fuga de esclavos y de cautivos. Curación de enfermedades. 3) Hierro. Hombre con pies alados y la cabeza cubierta con un casco. Mercurio.	ת Jacob
1) Requiel Tetzaiel. 2) Saqueo y destrucción. Bueno para adquirir honores. Enfermedades largas pero no mortales. Sueños engañosos. Niños feos y deformes. Bueno para el divorcio, la liberación de cautivos y la curación de enfermedades. 3) Hierro. Gato con cabeza de perro. Pelos de perro.	א Benjamín
1) Abremaiel Chachaiel. 2) Fecundidad del ganado. Enfermedades largas pero no mortales. Sueños vanos. Niños buenos y honestos. Benevolencia de los padres. Victoria de los soldados. Malo para investigaciones químicas. 3) Cuerno de carnero, de toro y de macho cabrío sobre el cual se imprime con un hierro al rojo vivo la imagen de una mujer amamantando a su hijo. Este cuerno debe estar suspendido del cuello del guía del rebaño.	ב Jafet

1) Casas de la Luna. 2) Otros nombres de las Casas. 3) Constelaciones cuyas casas son compuestas. 4) Signos correspondientes.	Grados que la Luna recorre en un día			
	Entrada		Salida	
25º día de la Luna 1) Sadalachia. Sadalabas. 2) Beatitud de beatitudes, Brazo de brazos. Saúl. Emmanuel Boca de Pez. Pham Elibhrat. Pabellón. Extensible. 3) Efusión de agua. 4) Acuario.	8	24	21	25
26º día de la Luna 1) Alphary. 2) Brazo oculto. Saúl Elachbich. Phtagal Mocaden Primer sumidero. 3) Acuario. 4) Acuario.	21	25	4	17
27º día de la Luna 1) Alchatya. Achalyamond. 2) Estación de la primera germinación. Alpaza. Elmakadam. 3) Piscis. 4) Piscis.	4	17	17	8
28º día de la Luna 1) Albotham. 2) Estación de la germinación posterior. Elphara. Elmuchar. Alchalh. Piscis 3) Hilo de lino. 4) Piscis.	17	8	30	0

1) Inteligencias que presiden a las casas. 2) Influencias de las casas según varios autores. 3) Talismanes cuyas virtudes son las mismas que las influencias de las casas.	Letras cabalísticas que corresponden a las casas Personajes simbólicos cuyo día de nacimiento corresponde a cada casa.
1) Aziel Dedaliel. 2) Abundancia de bienes de la tierra. Enfermedades peligrosas. Venganza. Asedio. Ruina de los enemigos. Divorcio. Encarcelamiento. Construcción. Nuevas cóleras. Maleficio contra el coito. 3) Madera de higuera. Imagen de hombre perorando. La flor de la higuera.	מ Siete plagas de Egipto
1) Tayriel Staxaiel. 2) Voluptuosidad. Día desgraciado. Enfermedades mortales. Sueños verdaderos. Niños pasablemente dichosos. Unión de los hombres. Liberación de cautivos. Bueno para construir. 3) Cera blanca y almáciga. Mujer peinándose la cabellera. Perfumes suaves.	ל Cruce del Mar Rojo. Muerte de Saúl y de Jonatás.
1) Alheniel Tazaiel. 2) Sequía. Bueno para las empresas. Enfermedades variables. Sueños dudosos. Niños amables. Bueno para las cosechas y el comercio. Hace nacer enfermedades. Encarcelamiento. Peligros para la navegación. Propio para los maleficios. 3) Tierra roja. Hombre alado sosteniendo un vaso vacío y agujereado. Con la tierra cocida, se echará en el vaso que sostiene el hombre estoraque líquido y asafétida. Sumergido en un pozo, este talismán hará que se seque.	ה
1) Ammixiel Hertraziel. 2) Inundación. Bueno para las empresas. Enfermedades leves. Niños perezosos. Bueno para la siega, el comercio, la seguridad de los viajeros, la unión de los cónyuges. Encarcelamiento. Tesoros perdidos. 3) Bronce. Pez. Escamas de pescado. Este talismán arrojado en una balsa de agua o laguna hará multiplicar la pesca en abundancia.	ם

Las Tablas anteriores, compuestas según las más serias investigaciones sobre este asunto, permitirán hallar todos los elementos necesarios para la constitución de talismanes.

Este es un verdadero tratado muy completo de Magia Lunar.

TERCERA PARTE

CÓMO CONSEGUIR QUE VUELVA LA SUERTE DESAPARECIDA

Si las enseñanzas elementales de la Fisiognomia y la Astrología han bastado para determinar la clase de Suerte de cada uno de nosotros, si los datos igualmente elementales de Magia nos han permitido esbozar el arte de los talismanes que fijan la Suerte, no se tratará en este capítulo de la misma cuestión, que deberá meditarse más que leer.

La Suerte desaparece de un individuo por razones más bien espirituales y morales y es a las enseñanzas más elevadas del Ocultismo a la que invocar para recobrar la suerte desaparecida.

Es al plano divino al que hay que pedirle una solución.

Los centinelas armados que custodian las puertas del palacio, igual que los sacos de escudos que protegen la tranquilidad de los rentistas, no impiden que la enfermedad o la Mala Suerte recaiga sobre un individuo o sobre toda una familia. Y a menudo se buscan las causas muy lejos cuando en realidad la culpa es solamente nuestra. Veamos a este propósito algunos ejemplos.

El hombre está en la tierra para desarrollar algunas de sus facultades intelectuales con vistas a su evolución futura. Mientras tales facultades se mantienen en buen estado de funcionamiento por el incesante trabajo, la voluntad es bastante poderosa para fijar y mantener esas fuerzas aún mal analizadas cuya acción coordinada genera esta tendencia a la Suerte, que la voluntad fijará y mantendrá constantemente.

Pero la voluntad por sí sola es inerte si no está esclarecida por la bondad y la verdadera caridad que antes da el corazón que el dinero.

Cuando la Suerte desaparece de la vida de un ser humano o de una familia y se intenta lograr que vuelva, primero hay que resolver uno de los siguientes problemas:

¿Hay personas a las que se detesta y envidia con el pretexto de que tienen una buena suerte insolente, mientras uno mismo no la tiene en absoluto?

¿Hay enemigos a los que diariamente se les desea algún mal?

¿Se tiene la costumbre de entrometerse en las vidas ajenas, analizar y criticar todos los actos de los demás, sea en la intimidad de la familia, sea públicamente?

¿Se cree el individuo superior, por alguna facultad, bondad o virtud, a la persona a la que se envidia en secreto?

Responder a estas preguntas es hallar la causa de la pérdida de Suerte y poder hacer que vuelva.

No entiendo, querida amiga, la suerte de esa madame Machin, que no es previsora en absoluto y da todo lo que podría guardar para su vejez en vez de frecuentar, como nosotros hacemos, a personas felices, que saben ahorrar.

Somos demasiado inteligentes y sabemos muy bien lo que cuesta en la vida mantener la pereza de esa gente que tiene hijos todos los años y que acaban por morir de hambre.

No damos a los demás cuanto nos sobra sino que lo colocamos a intereses muy elevados.

O no podemos entender cómo hemos podido perder, por unos desastres financieros todo lo que habíamos ahorrado, y no tenemos suerte en nada, en tanto que esa madame Machin, que no posee un solo centavo y da cuanto le sobra, tiene una suerte prodigiosa.

Para que vuelva la Suerte a una familia que razone de esta manera, hay que demostrarles a esos egoístas que la humanidad constituye un solo grupo y que los sufrimientos inmerecidos del pobre actúan por lazos misteriosos sobre el rico y por largo tiempo le quitan la Suerte y la paz del corazón.

UTILIZACIÓN DEL PRESENTE, SECRETO DE LA FORTUNA

Saber considerar el presente bajo sus mejores colores es uno de los grandes secretos de la conservación de la Suerte.

El preso que en su celda exclama: "¡Qué suerte, tengo paja fresca!" está muy cerca de haber hallado el secreto de la Felicidad.

Muchas personas pierden su suerte actual envenenándolo con el recuerdo del Pasado.

El Pasado pertenece a la Muerte, al inexorable destino, el Presente es nuestro y el Futuro está en las leyes de la Providencia incitada por nuestra Voluntad.

Si se dice siempre: "¡Ah, si hubiera hecho esto o aquello, no estaría así...!" y otras frases semejantes, se mata al Presente creador que se emplea en vanas recriminaciones y se rechaza este Presente hacia el desolador Pasado.

No hay que lamentarse por el mal Pasado sino olvidarlo. Sólo hay que preocuparse por obrar en el Presente y no formular vanas quejas, y cada acto enérgico, cada *golpe de genio* es una garantía de fijar en uno mismo la Suerte que hasta ahora vacilaba y era incierta.

LA MUJER DE MUNDO

He aquí una mujer de mundo, inteligente, bella, afortunada, a la que la felicidad parece acompañar en cuanto emprende. Luego, bruscamente, el sueño dorado se desvanece. La Mala Suerte se instala en su casa, antes tan dichosa, y las desilusiones suceden a las catástrofes.

¿Quién es el artesano misterioso de estas perturbaciones?

La misma Mujer.

Pasaba el tiempo hablando mal de todas sus amigas y hasta de sus mejores amigas.

El Mal se siembra y crecen sus raíces, sus tallos y sus frutos como cualquier planta de la tierra.

Por no tener ninguna idea de esta verdad muchos matan a su suerte.

Una persona se cree espiritual, los amigos le halagan sus dotes, y debido a esto, el ser juzga con veneno a los y las ausentes, ya que en su presencia todo son halagos y adulaciones.

Pero cada rasgo de ingenio, cada maledicencia pronunciada en la ausencia o a espaldas del calumniado son verdaderos venenos para la Suerte, y en un momento dado, el individuo recoge las pullas y las calumnias que ha sembrado en el camino de los demás.

Si se desea conservar la Suerte, no hay que hablar mal jamás de los ausentes.

Si se desea aumentar la Suerte de forma inesperada, no se debe permitir que un tercero calumnie a una persona ausente mientras se asiste a la conversación.

Para curar a los maldicientes espirituales de sus arranques, hay que repetir ante el maldiciente algunas de las pullas o calumnias que los demás dicen de él.

Como ama de casa, como mujer de mundo, no toleréis la maledicencia en vuestro salón. Cambiad bruscamente de conversación cuando una amiga la sitúe en este plano.

Vuestras amigas os lo agradecerán y comprobarán con estupor y alegría que la Suerte las acompaña cuando salen de vuestra casa.

Y de este modo vuestra Suerte personal se fijará y aumentará día a día.

En resumen, para hacer que vuelva la suerte desaparecida:

Haced lo que cuesta antes de lo que place.

Vivid el presente y no dudéis de la ayuda celeste para el porvenir.

No juzguéis a los demás y no habléis mal de los ausentes.

No os juzguéis mejor que los demás. Sólo ha faltado la ocasión para que obráramos tan mal como ellos.

Impedid, dentro de lo posible, que delante vuestro se hable mal de los ausentes.

Compartid con los que lo necesiten la ayuda moral, el tiempo y todo lo superfluo, sin esperar nada a cambio.

Perdonad a los enemigos y no seáis jamás el primero en atacar ante la justicia, aunque creáis tener razón.

Un proverbio dice que a la ocasión la pintan calva y que el que no la aprovecha puede pasar largo tiempo junto a la felicidad sin verla.

Este viejo proverbio es exacto. Normalmente, en la tierra nos preocupamos más por nuestra salud física que por nuestra salud moral. Buscamos afanosamente la fortuna material que no nos seguirá en el otro plano y no hacemos caso de los medios de adquirir la fortuna espiritual que vive siempre en todos los planos.

Para adquirir esta fortuna espiritual, es preciso saber ante todo cuáles son las fuerzas que nos impulsan y en qué dirección van esos impulsos.

Los datos elementales de astrología bastan para determinar esas condiciones primordiales de toda influencia que obra sobre los seres humanos.

Nuestro primer capítulo permitirá fijar prácticamente el día del nacimiento y las influencias que determina, luego el mes y el signo del Zodíaco que corresponde a cada nacimiento. Si estos signos son afortunados, dejad que fluya el agua de la felicidad y no perturbéis el Destino.

Si estos signos son contrarios, no os desesperéis. Siempre tendréis oportunidad de enderezarlos.

Aprended a manejar los Talismanes.

Fijad las buenas influencias que hay a vuestro alrededor. Estudiad las líneas de la mano de los que os rodean. Modificad vuestra escritura a fin de reaccionar sobre vuestro mal carácter y la Suerte se fijará a gusto de vuestros deseos.

Pero los Talismanes no bastan si no aumentáis las fuerzas espirituales.

Para esto disponéis de un medio radical: el ejercicio de la caridad física, como el perdón de las injurias, el olvido de vuestros odios y el rezo. No existe ninguna fuerza sobre la tierra ni en los planos con ella relacionados que sea insensible a la acción de las fuerzas espirituales.

No existe ninguna fatalidad que no pueda ser modificada por el plano divino, ya que el plano mental es solamente un conjunto de fantasmas ante las realidades del plano en el que irradian el poder y el nombre de Cristo.

No son éstas unas palabras huecas ni restos de un sermón de Cuaresma, sino los resultados positivos de visión en el Plano vivo en el que todos evolucionamos después de la Muerte.

¿Qué les importa a las fuerzas directrices que creáis o no en esta vida futura y en este plano de existencia que sigue al presente? Como todos tenemos que pasar por él, todos sabremos quien dice verdad.

Pero dejemos tan sombrías disertaciones.

Estudiad los misterios de los Talismanes de amor. El Mago se convierte a veces en el Bufón para instruir a los enamorados y los débiles. Buscad el número de vuestra Suerte y que el Cielo os sea favorable y os procure largos y dulces años de vida en la Tierra. Es lo que os deseo de todo corazón.

ÍNDICE

SEGUNDA PARTE

TERCERA PARTE